dtv
premium

Alois Brandstetter

Der geborene Gärtner

Roman

Deutscher Taschenbuch Verlag

Originalausgabe
Juni 2005
3. Auflage September 2005
© 2005 Deutscher Taschenbuch Verlag GmbH & Co. KG,
München
www.dtv.de
Umschlagkonzept: Balk & Brumshagen
Umschlaggestaltung unter Verwendung eines Frescos von Fra Angelico
(Corbis/Massimo Listri)
Satz: Greiner & Reichel, Köln
Gesetzt aus der Stempel Garamond 10,5/13,5·
Druck und Bindung: Kösel, Krugzell
Gedruckt auf säurefreiem, chlorfrei gebleichtem Papier
Printed in Germany · ISBN 3-423-24456-9

Laß dich warnen, mein Sohn,
des vielen Bücherschreibens ist kein Ende.
Die vielen Schriften ermüden den Leib.

AT, Prediger 12,12

Ein Gärtner ist ein Gärtner ist ein Gärtner. Und darum soll er sich um seinen Garten kümmern. Und der Garten meiner Abtei Ranshofen ist ja nun weiß Gott groß und geräumig und verlangt eine Fülle an Arbeiten während all der vier Jahreszeiten. Vielleicht, daß im Winter, wenn Schnee die Anlagen, die Beete und Wege bedeckt, die Arbeit ein wenig ruhen kann. Es wäre ja geradezu ein Fehler, den Schnee fortzuschaffen, er ist nämlich kein Leichentuch über der Flur, wie oft gedankenlos gesagt wird, sondern eine schützende und bergende Hülle! Ich, Abt Konrad von Burghausen, habe darum den Brüdern wie auch den Herren erlaubt und gestattet, daß sie sich im Winter wie die Bauern der Umgebung auch, ob sie nun der Herrschaft unserer Abtei oder der Abtei Reichersberg oder einer anderen weltlichen gräflichen Obrigkeit als Leibeigene angehören, dem Spiel mit dem Eisstock auf einem der Stiftsteiche hingeben mögen. Ich habe freilich auch zu meinen Mitbrüdern gesagt: Ein Mönch ist ein Mönch ist ein Mönch. Oder für uns Chorherren gesagt: Ein Herr ist ein Herr ist ein Herr. Und er bleibt es auch, wenn er den Eisstock schwingt. Jedermann müsse merken, wenn er einem Mönch oder einem Herrn beim Eisstockschießen zusieht, daß hier ein geweihter Mann schießt. Er steht unter einem anderen Gesetz. Er wird ernsthafter spielen und alle übermütigen Rechthabereien vermeiden und vor allem wird er nicht wie die rüpelhaften Bauern gottserbärmlich fluchen oder schelten, wenn einmal ein Schuß danebengeht, auch nicht in der lateinischen Sprache, die die Bauern zwar nicht verstehen, so daß sie nicht zum Bösen verführt werden können, was die Sache an sich aber nicht besser macht. Kruzifix und Sakrament sind, wiewohl lateinisch, natürlich auch dem einfachen Mann in Bayern verständlich und geläufig! Ein Priester ist immer ein guter Verlierer, ja er ist, es so zu sagen, der geborene, ja der Christ ist an und für sich der ideale Verlierer! Ein Geistlicher wird einem Laien vor allem im Ertragen und Hinnehmen von Niederlagen ein Vorbild sein. Er wird sich im Augenblick der Erniedrigung und des Verlustes an das Gebet erinnern: O Herr, hier brenne, hier schneide, aber schone meiner in der Ewigkeit! Im übrigen habe ich die Brüder und Herren ermahnt, sie sollen das Weltliche und das Geistliche schön trennen und nicht vor jedem Schuß die Heiligen und im besonderen den heiligen Sebastian anrufen, nicht vor jedem Stoß ein Stoßgebet zum Himmel senden! Wer etwa auch beim Kartenspielen immer wieder ein Kreuz schlägt, der ehrt damit nicht das Heilige, sondern setzt es herab. Die Heiligen haben etwas anderes und wichtigeres zu tun, als sich um Eisschützen zu kümmern und für Spieler am Thron Gottes vorstellig zu werden! Wer aber beim Spielen ein Gottesurteil erzwingen und Gott erpressen möchte, sollte nicht nur aus der Schar der Spieler, sondern aus der Gemeinschaft der Gläubigen ausgeschlossen und exkommuniziert werden. Und wer ein Gelübde an einen Erfolg beim Spielen knüpft, handelt nicht nur blöde, sondern auch verwerflich, nicht gläubig, sondern »gläubisch«, ja, abergläubisch.

Ein Mönch wird auch niemals um Geld spielen. Wie soll er denn auch Geld einsetzen, wenn er das Gelübde der Armut abgelegt hat! Vergißt er sich aber und beteiligt er sich an Geldspielen und sei es und gelte es auch nur die Schanze einen kleinen Kreuzer, so werden die mitspielenden Bauern denken, der Herr Gregor hat das Geld der Kollekte vom Sonntag bei sich. Und die Bauern werden vielleicht auch glauben, es handle sich um jenes Geld, das sie beim sonntäglichen Offertorium geopfert und in den Klingelbeutel geworfen haben, und das wollen sie zurückhaben und sich wieder holen. Ich kenne die Bauern, ich kenne die Bauern schon deswegen, weil ich selbst zwar nicht aus dem Bauernstande stamme, aber ihm sehr nahe stehe. Zur Herrschaft meines Bruders, des Erben unseres Geschlechtes in Burghausen, gehören immerhin achtundvierzig Hintersassen! Und so weiß ich natürlich, daß die Bauern, wenn sie unter sich sind, anders reden, als wenn sie sich beobachtet wissen. Wenn ich manchmal, wenn es mein Amt zuläßt, leutselig zu einer Gruppe von stockschießenden Landwirten an einen Teich wie jenen hinter der Meierei trete, so benehmen sich die Bauern natürlich manierlicher und christlicher, als sie es sonst gewöhnt sind. Und mancher Grobian, der vielleicht gerade noch lästerlich »Kruzifixsakrament« geflucht hat, macht nun eine süße Miene und grüßt mich, den prioren Prälaten, mit »Gelobt sei Jesus Christus« … Und ich weiß auch, daß die Bauern mißtrauisch sind und ungern Männer eines anderen Standes, weder aus dem Adel, der sich an sich nicht gern gemein macht, noch aus dem Klerus, mitspielen lassen. Sobald ein *Pfaff,* wie sie sagen, anhalben ist, geht es auch schon verkrampft zu, und es ist, wie sie sich in ihrer bairisch-bäurischen Volkssprache auszudrücken pflegen, keine Gaudi nicht mehr. Das ist beim Eisstockschießen nicht anders als beim Kartenspielen, wenn sie mit dem Teufel seinem Gebetbuch hantieren, wie einmal ein seelsorglich verständiger Priester, Williram von Ebersberg, das Kartenspiel bezeichnet hat.

Vielleicht wäre es, vom Standpunkt der Moral und der christlichen Ethik her gesehen, besser, wenn die Chorherren auch beim Eisstockschießen unter sich blieben, also rein klerikale Mannschaften bilden würden. Numerisch wäre das ja kein Problem, wenn man sieht, wie unser Stift Ranshofen die riesige Zahl an Chorherren kaum noch beherbergen und bewältigen kann. Und auch wenn es nur eine relativ geringe Anzahl von geistlichen Herrn ist und wenn es auch nur die jüngeren Kleriker sind, die ihre freie Zeit auf dem Eis verbringen, so gingen sich rein priesterliche Mannschaften durchaus aus. Das Kirchenrecht sagt natürlich nichts über diesen Punkt. Aber so wie es selbstverständlich ist, daß keine Frauen mitspielen dürfen, könnte man auch fragen, ob es gut ist, sich beim Spiel mit Vertretern anderer, vor allem niedrigerer Stände abzugeben, schon gar aber mit Anhängern anderer Religionen oder Agnostikern oder Atheisten, wenn es solche bei uns in Innbaiern gäbe! Fein sein und beinander bleiben, heißt es schließlich in einem unserer schönsten Volkslieder!

Ich also sage, um es kurz zu machen, einen spielenden Geistlichen müsse man als solchen erkennen. Ist eh richtig, hat einmal ein pfiffiges Bäuerlein erwidert, man erkennt den Pfaffen, der Eisstock schießt, daran, daß er schlecht schießt ... Der Priester ist ein miserabler, also ein erbarmungswürdiger Schütze ... Oft ist der sogenannte gemeine Mann oder gemeine Landmann eben ein sozusagen hundsgemeiner und Besitzer eines letzen Maules, wie es in der bairischen Muttersprache heißt. Wir Lateiner nennen es gern die Maliziösität. Auch das heute schon veraltete Wort malkontent würde auf einen solch Mißvergnügten zutreffen. Es kommt nichts Gutes heraus, wenn sich die Stände zu sehr vermischen. Und damit bin ich auch bei meinem eigentlichen Thema.

Ich bin nämlich bei jenem Thema, das Du, Gärtner Wernher, Dir vorgenommen und in Deiner Dichtung ›Helmbrecht‹ abgehandelt hast, mit welcher ich aus verschiedenen Gründen unzufrieden bin. Der Grundtenor Deiner Poesie, jener Grundsatz, daß jeder in seinem Stand bleiben und sich nicht überheben soll, daß also der Bauer, der einen Adeligen markieren und imitieren möchte, notwendigerweise scheitern und fallieren müsse, ist durchaus in Ordnung. So weit, so gut. Wenn ich gleichwohl unzufrieden, zutiefst unzufrieden bin, so gleich aus mehreren Gründen. Ich bin mißvergnügt und unzufrieden einmal als Bauernfreund und zum anderen als Theologe und Mann der Kirche – als Abt nämlich. Kann denn vielleicht der Bauernsohn, wenn er kein Ritter werden darf, weil er damit gegen die göttliche Ordnung, die nun einmal Aratores, Oratores und Bellatores, wie der Lateiner die Bauern, die Priester und die Ritter benennt, kennt, verstößt, auch kein Priester werden? Ich jedenfalls habe das aus jener Geschichte, die mir leider nicht von Dir, Wernher, selbst, sondern von einem anderen Confrater gebracht, ja hinterbracht, muß ich sagen, wurde, herausgelesen. Hast Du das gemeint, Bruder Wernher, hast Du das mitgemeint, hattest Du vielleicht einen Anwurf gegen Deinen Abt im Sinne? Ich aber bin, bedenke dies, kein Bauer, zu dem Du mich offenbar machst, sondern wie gesagt ein Bauernfreund, kein Bauernsohn wie Du, sondern ein dem Bauerntum nahestehender und mit ihm vertrauter Bauernfreund. Hast Du sagen wollen: Bauer bleib bei der Scholle, weil ich oft zu Dir gesagt habe: Ein Gärtner ist ein Gärtner ist ein Gärtner, wenn ich den Garten verwildert und unkultiviert gefunden habe, während Du Dich in die Bibliothek zurückgezogen hast, um dort zu schreiben? Ist Dein Buch etwa eine Retourkutsche für Deinen Prior? Und während ich angenommen habe, Du würdest im Skriptorium an einem lateinischen Codex, vielleicht einem Psalmenkommentar oder an einem anderen frommen Werk schreiben, wenn aber schon kein frommes biblisches Werk im engeren und strengeren Sinne, dann vielleicht wie Walahfrid Strabo ein lateinisches Buch über die Gartenkunst, Deine eigene und eigentliche, leider aber sehr vernachlässigte Profession, währenddessen also hast Du auf deutsch, Lingua theodisca, im unkultivierten Deutschen eine Fiktion über einen Bauernsohn verfaßt, der die Scholle und das Elternhaus verlassen hat, zu den Raubrittern gegangen ist und schließlich seiner gerechten Strafe zugeführt, das heißt verstümmelt und geblendet und getötet wurde. Eine böse Enttäuschung für einen Abt! Mein verwilderter Klostergarten ist mit diesem Werk zu teuer erkauft. Ja für wen, Bruder Wernher, hast Du denn dieses Buch oder Büchlein, diesen Libell, eigentlich verfaßt? Für die leseunkundigen Bauern, daß sie sich ein Beispiel nehmen? Du hättest ruhig beim heiligen Latein bleiben können!

Die Bauern lesen weder etwas in der deutschen noch natürlich in der lateinischen Sprache. Aber obwohl sie Analphabeten sind, Bruder Wernher, haben sie nichts gegen das Lateinische, ja sie erwarten geradezu das Lateinische an seinem Platz. Und sein Platz, der angestammte Platz des Lateinischen ist die Kirche. Die Bauern verstehen nicht und wollen nichts verstehen, allein der Klang des Lateinischen an seinem Platz aber heimelt sie an, gibt ihnen das Gefühl der Vertrautheit. Die Bauern fühlen sich angesprochen und sind angetan, wenn der Gottesmann auf der Kanzel und bei der Zelebration der Messe Latein spricht, Latein oder gar Griechisch wie im Kyrie eleison. Schließlich kommt das Fremdwort Kirche auch aus dem Griechischen! Und es ist ein Irrtum, Bruder Wernher, dem Du wie viele andere Skribenten, dem Zeitgeist dieses unsäglichen Saeculums folgend, unterliegst, wenn Du glaubst, daß sich das Volk wünsche, in der Vulgärsprache angesprochen zu werden. Vulgär reden die Bauern daheim, bei Tisch und bei der Arbeit, in der Kirche aber, sagen sie, wird man auch als einfacher Mensch wohl das gehobene Lateinische erwarten dürfen. Wer in der Kirche vulgär spricht, mißachtet seine Zuhörer, nimmt die Bauern nicht ernst. Das verstehen die Bauern nicht. Das können sie nicht verstehen. So ist es gut. Wenn an heiligem Ort einer keine heilige Sprache, Latein, Griechisch oder Hebräisch, spricht, so ist das gerade so, als würde er nicht im Ornat und im Schmuck der liturgischen Kleidung, sondern statt in Alba und Kasel, Manipel und Pluviale, mit dem Birett, in Hosen und Wams, in Dichlingen und Bärlappen und einem Jägerhut auf dem Kopfe daherkommen oder zum Altar stiefeln, oder überhaupt gleich halbnackt. Ein schlampiger, vulgärer Priester verachtet seine Hörer und Gottesdienstbesucher. Es reicht, Bruder Wernher, wenn Teile der Predigt lingua vulgari, also vulgär, gehalten sind, ja die Predigt ist seit der Zeit Karls des Großen ja immer auch ein Lateinunterricht gewesen. Der Priester hat immer die Vulgata aufgerufen, die lateinische Bibel also, und dann in der Vulgärsprache die Vulgata interpretiert, übersetzt und ausgelegt.

Ad propositum: Mich hat, Bruder Wernher, wie Du weißt, neulich ein englischer Abt aus der Grafschaft Yorkshire auf dem Weg nach Rom besucht. Und dieser Abt hat mir gerade über den angezogenen Gegenstand, über das Verhältnis zwischen fremdem und einheimischem Sprachgebrauch, das Folgende berichtet. Er habe in einer seiner inkorporierten Pfarreien einen Prediger und Linguisten eingesetzt, dessen Predigten immer bei praktischen Angelegenheiten von einem klaren, englischen Stil waren, sorgfältig jede Schau und Anmaßung von lateinischer Bildung vermeidend. Aber diese vordergründig sehr vorbildliche Haltung, seine Hörer nicht mit etwas zu unterhalten, was diese nicht verstünden, brachte einige von ihnen dazu, wenig von seiner Bildung zu halten. So begab es sich, daß der Abt anläßlich einer Visitation von Oxford kommend, in eben jenem Childrey, so der

Name der Gemarkung, einige Einwohner fragte, was sie von ihrem Prediger hielten. Diese antworteten: Unser Pfarrer Mr. Pococke – so hieß der Reverendus – ist ein ehrbarer und braver Mann. Aber ach, Herr Abt, er ist kein Lateiner! So waren die Schafe jenes Hirten eben enttäuscht, weil er sie sozusagen anblökte und nur in ihrem Eigenen bestärkt, aber nicht mit dem fremden Geheimnis vertraut gemacht und gefordert und überfordert hat. Dahin aber ging ihre berechtigte Erwartung. Bauern waren sie selber, einen bäurischen Priester aber wollten sie nicht. Schließlich hat die Kirche nicht nur ihre eigene Sprache, sondern auch ihre eigene Architektur. Und die Architektur der Kirchen und der Kapellen orientiert sich nicht an der Architektur der Bauernhäuser, sie ist eigen und besonders. Umgekehrt, Bruder Wernher, wohl, daß sich ein schlauer und halbwegs reicher Bauer beim Bau seines Hauses, ja sogar seines Stalles am Kirchenbau orientiert, das hat man schon erlebt, es gibt in unserem geliebten Innviertel Kuhställe, die sind so herrlich überwölbt und mit Rund- oder Spitzbögen ausgestattet, daß man an St. Denis oder Hirsau, an Melk oder Mondsee erinnert wird. Wieviel prächtige Säulen auf feinen Konsolen und mit wunderbaren Kapitellen, mit Rippen in den Gewölben und schmucken Schlußsteinen habe ich in den Kuh- und Pferde-, ja in den Schweineställen Innbaierns gesehen! Und auch die Stube manches reicheren Bauern in unserer Umgebung, in Freiling oder Gurten, erinnert mit ihrem Stuck und in ihrer Ausstattung an unser Refektorium in Ranshofen. Und Du, Bruder Wernher, Bruder Gärtner, wirst wissen, daß viele Prägärten unserer Bäurinnen an Klostergärten erinnern. Und wenn die Gärten der Bäurinnen in unserem Umkreis eben nicht an unseren Klostergarten in Ranshofen, sondern eher und eindeutiger, wie mir immer wieder berichtet wird, an den Stiftsgarten von Reichersberg am Inn erinnern, weil sich die Bauern und Bäurinnen nicht bei Dir und in Ranshofen, sondern eben bei Bruder Diethart, dem Gärtner von Reichersberg, das Beispiel nehmen, so fällt das als Vorwurf auf Dich zurück. Du hättest den Bauern statt Deiner ›Helmbrecht‹-Dichtung lieber ein Beispiel in praktischer Gartenkunst geben sollen. Exemplum docet, heißt es, das Beispiel belehrt, heißt es. Du aber hast mit Deinem brennesselüberwucherten Garten leider kein oder ein schlechtes Beispiel gegeben. Nicht Exemplum docet, muß es in Deinem Fall heißen, sondern Exemplum nocet. Nocere aber heißt auf deutsch schaden. Deine Brennesseln sind nicht eben beispielhaft, Bruder Wernher. Deine Beete sind von Sauerampfer und anderem Unkraut übersät. Damit wirst Du nicht Schule machen!

Wernher der Gartenaere, nicht *Werner* der Gärtner, mein lieber Wernher, Du hast den Spitznamen, den Dir die Menschen der Gegend gegeben haben, wahrhaftig verdient, denn Du bist der Herr der Werren. Dir als Bauernsohn werde ich, Dein Abt, nichts über die Werren sagen müssen, Du kennst wie ich die bäurische, bairische Vulgärsprache, und Du weißt wie ich, daß die Bauern den von der Zoologie so genannten Gryllus oder die Gryllus gryllotalpa, die Maulwurfsgrille, den Erdkrebs und den Reitwurm Werre oder mit einem Diminutiv, einer Verkleinerungsform, Werl nennen. Und von denen, diesen elendigen Schädlingen, gibt es leider in Deinem Ranshofener Garten genug. Eigentlich bist Du ja nicht der Herr der Werren, sondern Du wirst ihrer nicht mehr Herr, sie haben in Deinem Garten offenbar überhand genommen, wie man an den immer wieder plötzlich verdorrenden Stauden und Sträuchern sieht, denen die Werren offenbar die Wurzeln abgefressen haben. Du wirst der Werren nicht mehr Herr, weil Du die Werren leider gewähren läßt und nichts gegen sie unternimmst. Der Spottname

Werren-Herr paßt also zu Dir, Du hast ihn Dir redlich verdient, denn während Du an Deiner ›Helmbrecht‹-Geschichte gedichtet hast, haben die Werren ihr Werk vollbracht, während Du Dich also literarisch herumgespielt hast, haben die Werren leichtes Spiel gehabt. Wenn der Bauer keine Katze hat, tanzen auf seinem Tisch die Mäuse, wenn ein Abt keinen Gärtner hat, nützen die Schädlinge die Gelegenheit und fressen seine Vegetation kahl. Nur ein guter Gärtner nützt, ein schlechter Gärtner nützt gar nichts, er ist selbst kein Nützling, sondern ein Schädling. So hat Dein Abname Wernher also wirklich ein »Fundamentum in re«, einen sachlichen Grund. Dein Spitzname hat sozusagen einen guten Grund. Dein Garten aber hat keinen guten Grund und Boden, weil ihn die Höllenwürmer, der Erdkrebs und die Werre, verwüsten und zerwühlen. Du hast Deine Raubrittergeschichte geschrieben und die Werren haben sich bedient und die Schädlinge haben sich am Garten gütlich getan …

Lieber Wernher, ich muß Dir leider jetzt die Leviten lesen! Manchmal stehe ich am mittleren Fenster meiner Prälatur und schaue auf den Braunauer Weg, der hinter der Meierei an unserem Garten vorbeiführt, und sehe Bauern oder öfter Bäuerinnen, die über den Zaun blicken und zu lachen und zu kichern anfangen, wenn und weil sie an heiligem Ort die Greuel der Verwüstung sehen. Und sicher denken sie oder sagen sie, die Augustiner und auch die Mönche der anderen Orden halten sich viel darauf zugute, daß sie, wie sie sagen, Kultur und Agrikultur ins Abendland gebracht und den Bauern das Landwirtschaften beigebracht haben und überhaupt das Leben veredelt und verfeinert haben, über diesem Stück Erde und Land ist aber nicht der Abend, sondern die Nacht hereingebrochen. Finster, sagen sie, sieht es hier aus, düster und dunkel und traurig, daß man melancholisch werden könnte. Die Kirche ist offenbar auch nicht mehr das, was sie einmal war. Und ich habe wirklich keinen Grund, etwa das Fenster zu öffnen und die lustigen Weiber zu schimpfen und Hexen zu nennen. Denn leider sind sie im Recht angesichts dieser mitleiderregenden Flora. Ich würde mich selbst in die Nesseln setzen und lächerlich machen, wenn ich die lachenden Weiber schelten möchte. Manche sind ja etwas zurückhaltender und trauen sich nicht lauthals herauslachen, ja manche unterdrücken aus Angst vor der Kirche und ihrer oft grausamen Herrschaft jede Heiterkeit, denken sich mehr ihr Teil, als daß sie ihr Befremden oder ihren Spott äußern, aber manche ist wohl auch schon herausgeplatzt, die sich das Lachen eigentlich verkneifen wollte. Ich rechne es mir, das nebenbei gesagt, als ein Prä und als einen Vorzug an, als Prä des Prälaten sozusagen, daß sich die Ranshofner Bäuerinnen angesichts des Gartens meiner Abtei lachen trauen, sich so frei fühlen, daß sie herauslachen, denn vor Reichersberg oder Suben würden sie sich das natürlich nicht trauen. Vor dem Garten in Suben hätten sie freilich auch keinen Grund zu lachen, denn der Subener Abt führt ein hartes, ein überhartes Regiment, hält nicht nur seine Konventualen, namentlich die Brüder wie Sklaven und Gefangene, sondern duldet auch absolut keinen Ungehorsam und keine Nachlässigkeit. Und Weiber, die über seinen Garten lachten, hätten in Suben nichts zu lachen, der rigorose Abt würde mit ihnen kurzen Prozeß, ja kurzen Hexenprozeß machen und sie in Fesseln dem weltlichen Arm übergeben. Ich habe ja schon wiederholt versucht, diesen harten »defensor fidei«, Verteidiger des rechten Glaubens, um etwas mehr Gelassenheit und Nachsicht zu bitten, deren doch auch wir Diener des Herrn bedürfen, habe damit aber wenig ausgerichtet. Ich weiß, daß jemand, der über meinen Garten lacht, keine Blasphemie begeht und daß ein Bauer, der vielleicht einmal das Wort Kuttenbrunzer verwendet oder den Propst von Füssing einen feisten Pfaffen nennt, damit ja noch nicht Gott gelästert hat. Und wer den Prior von Füssing kennt, weiß auch, daß der Bauer nichts Unzutreffendes oder Unrechtes gesagt hat und kein Feind der Kirche sein muß. Ja, wer behaupten würde, der Weihbischof von Regensburg Gundolf Kern sei ein großer asketischer und spiritueller Mensch und eine auch physisch eindrucksvolle Erscheinung, der würde auf jeden Fall lügen, der Kirche zuliebe sozusagen lügen. Jedenfalls würde sich jemand, der den Weihbischof Kern hager nennt, an der Wahrheit versündigen ...

In Suben, lieber Wernher, hättest Du freilich als Gärtner einen harten Stand und dort gäbest Du vorbeikommenden Bäurinnen sicher mit einem Kraut- und Rübengarten keinen Anlaß zu Fröhlichkeit. In Suben hättest Du nicht dichten statt sichten dürfen, dort hättest Du Dir keinen ›Helmbrecht‹ abbrechen dürfen, bevor nicht der Garten auf Vordermann gebracht worden wäre ...

Ach Wernher, hättest Du doch statt Deines ›Helmbrecht‹ eine Rose herausgezüchtet, die den Namen unserer Abtei getragen und unser Stift in der ganzen abendländischen Welt bekannt und berühmt gemacht hätte. Tausendmal gäbe ich für eine solche Blume ein Buch hin, wenn auch, wie ich höre, von Deinem Buch allenthalben und oft angeblich zustimmend die Rede ist. Ich muß freilich auch sehen und hinzufügen, daß der Beifall, der Dir für Deine ›Helmbrecht‹-Geschichte gezollt wird, nicht ohne Bedenklichkeit ist, weil ja nicht der hohe Adel, auf den es ankommt, sondern das bäurische Vulgus und die Plebs rustica applaudieren, die des Lesens unkundig, Dein Werk an sich gar nicht aus eigener Anschauung und Lektüre, sondern nur vom Hörensagen kennen. Sie kennen Dein Buch, aber nicht persönlich, sondern vom Hörensagen! Sie loben Dich, weil Du einen alten

Bauern zum Helden einer Geschichte gemacht und so gewissermaßen nobilitiert hast. Das gilt als unerhört und ungewöhnlich, den einen als unerhört und revolutionär, das heißt umstürzend, den anderen als lächerlich. Es fehlt dem Bauern, der fällt, sagen sie, an Fallhöhe, er stürzt nicht, sondern fällt sozusagen nur um wie ein Kegel auf der Kegelbahn.

Eine Rose in einer neuen, bislang ungesehenen, also revolutionären Farbe und mit einem bis dato nie gerochenen Geruch wäre mir lieber als Dein Buch: Rosa Ranshofensis, das würde mir Freude machen. Und Freude machen würde mir ganz besonders, wenn die Menschen von weither kämen, um die Ranshofener Rose zu bewundern, das Wunder der Rosa Ranshofensis zu bestaunen. Du aber, Wernher, hast Dich leider von den wirklichen Blumen, den Flores, entfernt und bist zu den Flores rhetorici et poetici emigriert, hast Stilblüten und Kunstblumen gezogen und gezüchtet in kunstvollen oder eigentlich künstlichen, das heißt unnatürlichen Farben. Ach wärest Du ein wirklicher und wahrer Florist geworden oder geblieben! Colores, wenn ich das Wort nur im Kunstzusammenhang höre! Geblümter Stil! ... Hätte Dir nicht zu denken geben müssen, daß die Poetiker ständig Ausdrücke aus der Botanik und der Landwirtschaft bemühen, um ihre Phänomene zu beschreiben? Drückt sich hierin nicht ihr schlechtes Gewissen aus, daß sie das Reale und Notwendige verlassen und im Stich gelassen und sich dem Überflüssigen und Schädlichen zugewendet haben? So haben sie den agrarischen Wortschatz, einen wirklichen Schatz, entwendet, entwendet und entfremdet! Alle Dichter geben vor, Bauern zu sein, Ackermänner. Und vom Vogelkleid, sagen sie, sei ihr Pflug! Sie haben natürlich noch den Spruch der alten Lateiner im Ohr: Agram colere necesse est, Landwirtschaft tut not, Landbau und sonst gar nichts. Ackerbau und Viehzucht für den Leib und die Gottesgelehrsamkeit für die Seele. Das

Schreiben aber hat nur dann Sinn und Würde, wenn es sich den wirklichen und wahren Themen zuwendet, Gott und der Landwirtschaft, um es so zu sagen. Das eine, die Landwirtschaft, haben die Alten das Utile, das Nützliche, genannt, Gott aber das Summum bonum, das höchste Gut, die Landwirtschaft das nützliche und Gott das höchste Gut, so gehört es sich, hören wir bei den Alten. Dafür kann uns gern auch der größte Dichter des lateinischen Altertums ein Beispiel sein: Publius Vergilius Maro. Hat nicht auch er nach seinem großen Epos der ›Aeneis‹, wo nichts als gekämpft und gestritten, geraubt, geplündert und getötet und schließlich gefreit und geheiratet wird, zu dem einzig ehrenhaften Thema, dem Landbau, zurückgefunden und in den ›Bucolica‹ und in den ›Georgica‹ das Äußerste und Höchste geleistet und jenes Thema gefunden, das allein seiner Größe entsprochen hat? Ein Märe aber, lieber Wernher, wie Du eines verfaßt hast, ist Lesefutter für gelangweilte Adelige!

Auf die Landwirtschaft kommt es an, einzig und allein auf die Landwirtschaft. Sie allein ist not-wendig, das heißt die Not wendend und beseitigend. Agram colere necesse, das heißt ja wohl unausweichlich, weil cesse von cedere, »weichen«, »nachgeben« kommt. Die Landwirtschaft ist sozusagen »unnachgiebig«, auf sie kann nicht verzichtet werden. Wie schön bringt doch etwa Marcus Tullius Cicero im 1. Buch seines ausgezeichneten Werkes ›De officiis‹, was ›Vom pflichtgemäßen Handeln‹ heißt, dies zum Ausdruck: »Von allen den Erwerbszweigen aber, aus denen irgendein Gewinn gezogen wird, ist nichts besser als Ackerbau, nichts einträglicher, nichts angenehmer, nichts eines Menschen, nichts eines Freien würdiger!« Den Kernsatz dieser Sentenz, ihre Quintessenz, muß man sich auch auf Latein zu Gemüte führen: »Nihil est agri cultura melius, nihil uberius, nihil dulcius, nihil homine, nihil libero dignius.«

Nur im Gottesdienst gibt es noch ähnlich feierliche und hymnische Lobpreisungen. Und immer, wenn ich beim Zelebrieren der Heiligen Messe zu jener Stelle komme, wo es heißt: In Wahrheit ist es würdig und recht, billig und heilsam, oder im Lateinischen: Vere dignum et iustum est, aequum et salutare, nämlich Gott zu loben, höre ich auch das Landwirtschaftslob Ciceros anklingen. Und das führt vom Kern der Sache, dem Gotteslob, gar nicht so weit weg und fort. Es ist geziemend und recht und würdig, Gott zu loben und zu danken, für seine Schöpfung nämlich, daß er etwas wachsen läßt, was wir ernten dürfen. Und sollte einmal einer einen Dank für Cicero und seine lichtvolle, ja göttliche Formulierungskunst in diesen Dank, diesen Ernte-Dank, einschließen, so handelt er sicherlich auch gott-gefällig. Cicero sagt nicht von seiner eigenen Profession, dem Beruf des Rechtsanwaltes nämlich, daß sie die wichtigste und beste sei, auch nicht von der Profession des politisch und öffentlich Handelnden, daß sie die wichtigste und beste sei, nein er spricht vom Bauern und von sonst keinem!

Das poetische Blümen hat nur dann einen Sinn, wenn es dem rechten Gegenstand dient. Die Alten sprachen vom Aptum. Aptum aber heißt passend und geeignet in unserer deutschen Sprache. Das Aptum des geblümten Stils sind Gott und seine Heiligen, das Aptissimum der panegyrischen, das heißt preisenden Kunst ist Christus – und Maria, die Gottesmutter!»Es blüht der Blumen eine auf ewig grüner Au, wie diese blühet keine, soweit der Himmel blau...« Das, lieber Wernher, mein Gärtner, wäre ein eines Fraters und Gärtners würdiges Gedicht und Lied gewesen. Leider ist es nicht von Dir! Eine Rose oder ein Marienlied dieser Art hätte unserer Abtei Ehre und Ruhm eingebracht. Mit Deinem ›Helmbrecht‹ aber sind wir nicht ins Gespräch, sondern ins Gerede gekommen.

Lieber Wernher, über fünfhundert Jahre sind schon vergangen, seit Walahfrid Strabo sein Buch über den Reichenauer Klostergarten schrieb, das er in so großer Bescheidenheit und Demut mit dem humilen Titel ›Hortulus‹ in die Welt geschickt hat, was man ja mit Gärtlein ins Deutsche zu übersetzen hätte. Und doch ist sein Ruhm ungebrochen, ja in all den Jahrhunderten noch gewachsen ... Walahfrids Gärtlein hat sich als Garten, ja als Augmentum maximum als Superhortus, als Hortus superlativus sozusagen herausgestellt. Die Italiener bilden, wie Du weißt, das Augmentum eines Wortes mit Hilfe des Suffixes, also der Nachsilbe *one*, so daß sie zu *Naso* ein *Nasone* bilden, welches mit »große Nase« zu übersetzen wäre. Walahfrids ›Hortulus‹ oder, wie die Italiener übersetzen, *Ortolo* hat sich demgemäß als ein *Ortone* herausgestellt. *Libero* nennen die Italiener ein Buch, *Liberone* ein »dickes« Buch. Und gerade ein solches ist der ›Hortulus‹ Strabos, zwar nicht dem Umfang nach, dem Umfang nach ist es ein dünnes Buch, aber seiner Bedeutung nach wahrhaftig ein *Liberone*. Verglichen damit hast Du, Wernher, mit Deinem ›Helmbrecht‹ wirklich nur ein Diminutiv, einen Libell zustande gebracht. Der ›Hortulus‹ des Walahfrid handelt hauptsächlich von Heilpflanzen, und damit ist sein Buch ein heilsames Buch, das die Nöte der Menschen lindert, Dein ›Helmbrecht‹ handelt aber von der unendlichen Not, in die ein selbst- und gottvergessener junger Mensch sich und die Seinen, vor allem seine Schwester Gotelind, die er mit seinem Raubgesellen Lämmerslind vermählt, bringt und ins Unheil stürzt. Dagegen ist kein Kraut gewachsen. Die Welt des ›Helmbrecht‹ ist in so großer Unordnung, daß sie als ein Abbild der Unordnung, Deiner Unordnung, lieber Wernher, im Ranshofener Klostergarten gleicht. Die Hauptpflanze dort wie da ist die Brennessel, die nichts Gutes aufkommen läßt. Und Dein Wappentier ist der

Erdwurm, die Werre! Natürlich kann man, lieber Wernher, aus dem Schlechten und Bösen, von dem Dein ›Helmbrecht‹ handelt, auf das Gute schließen, man kann aus dem Verkehrten die richtigen Lehren ziehen, das empfiehlt zwar nicht, aber es entschuldigt Dein Buch. Der gute Vorsatz, den Kindern zu zeigen, wohin Ungehorsam und Hoffart führen, ehrt oder entschuldigt Dich. Aber wäre es nicht besser und Gottes unendlicher Güte und Langmut mit uns Menschen gerechter gewesen, gleich vom Guten, dem geglückten Leben zu handeln? Wer von Heilpflanzen handelt wie Walahfrid, handelt schließlich ja auch von der Krankheit, aber an erster und vorderster Stelle steht bei ihm das Heilsame. Schon bevor der Mensch krank wird, wird er hier mit dem Wissen um das Heilsame getröstet und pro futuro, im vorhinein, beruhigt. Und mancher wird erst gar nicht krank, wenn er über das Heilbringende und Helfende unterrichtet und instruiert wird.

Wann, o Wernher, wirst Du mir endlich in Ranshofen einen Garten anlegen, wie ihn vor fünfhundert Jahren Walahfrid Strabo auf der Reichenau angelegt hat? In welches Kloster unseres Ordens oder auch in welche Abtei anderer Orden ich komme, überall finde ich Reichenauer Hortuli. Mit Stolz zeigen mir meine Brüder im Amte ihre Beete in der festgefügten und bewährten, ein halbes Jahrtausend alten Ordnung und Anordnung, beginnend bei Salbei, Raute und Eberraute, dann Flaschenkürbis, Cucurbita, wie ihn der Lateiner Strabo nennt, Melone, Wermut, Andorn, Fenchel und Schwertlilie, Liebstöckel, Kerbel, Lilie, Schlafmohn, Muskatellersalbei, Frauen- und Poleiminze, Sellerie und Betonie, Odermennig, Ambrosia und Katzenminze und schließlich, merkwürdig und zugleich voll tiefsten theologischem und botanischem Sinn als Höhepunkt und Schlußstein, die Rose, doch dicht daneben und davor Rafanum, wie die Pflanze die Griechen nennen, Radix die Römer, wir Baiern aber Radi. Radix heißt ja die Wurzel, und eben aus dieser Wurzel stammt das deutsche Wort Rettich!

Es gibt mir im übrigen zu denken und es erheitert mich und läßt mich schmunzeln, wenn ich gerade in unserer Nachbarschaft, etwa in Freising oder Mattsee, sehe und erlebe, wie sich das Rafanum breitmacht und die Rettichbeete schier über Gebühr und fast schon die alte Normalität und Modalität sprengend, wuchern, oft auf Kosten des Rainfarns oder der Katzenminze, ja daß selbst die Rose zurückgedrängt wird und zurückstehen muß. Und ganz besonders freut und belustigt es mich, wenn mir die lieben Abbaten in unseren bairischen Landen dies aus Notwendigkeit und Notdurft erklären. Das Klima sei nun einmal rauh in unserer Heimat und so der Husten, den die Jünger Äskulaps Tussis nennen, naheliegend und häufig. Und sie zitieren mir Walahfrid wörtlich, wenn sie die Sentenz »Tussim premit radix« einem seiner Hexameter entreißen. Ja, »der Rettich unterdrückt den Husten«. Der Husten aber, der Katarrh oder wie mir ein Innviertler Mönch in Reichersberg sagte: die Strauka sei ein schlimmes Gebrechen, das vor allem das Oratorium und das Chorgebet der Mönche sehr entstelle. Wie soll einer schön singen und bello cantu das Gotteslob anstimmen, wenn es ihn andauernd in der Kehle kratzt und er abhusten muß. Das und nur das sei der Grund für das Überhandnehmen der Rettichsektion im Hortulus. Aber natürlich denke ich mir mein Teil, wenn etwa wie in Freising der Garten, so wie es Strabo empfiehlt, an einer Seite von einer Mauer eingefriedet wird, wenn aber hinter dieser Mauer das Sudhaus der Brauerei dampfend vor sich hin raucht … Es ist also nicht nur wegen des aus dem Rettich destillierten Hustensaftes, sondern auch wegen des Gerstensaftes, zu dem der Rettich als Delikatesse so wunderbar paßt, daß er hier so beliebt ist und ins Kraut schießt. Auch verschweigen natürlich jene Prioren und Stiftsschaffner, die, wie angedeutet, das Inskrautschießen des Rettichs im Hortulus rationalisieren, daß der Rettich nun ja leider eine andere Eigenschaft hat, die ihn weniger empfiehlt. Die Ärzte sagen einem, daß der Rettich kontraindiziert sei, wohl sei er imstande, Tussim premere, also den Husten zu unterdrücken oder abzustellen, aber diese Linderung sei nicht umsonst und mit einem anderen Gebrechen, der Flatulenz nämlich, bezahlt. So habe ich auch einmal einem Abt gesagt, daß mir ein Mönch, der hustet, im Oratorium immer noch lieber sei als ein solcher, der furzt und dem »einer nach dem anderen auskommt«, wie die Bauern in meiner Heimat Burghausen sagen, mit all den unangenehmen, nicht nur akustischen Folgen. Zwar darf man durchaus auch diese lösende Wirkung des Rafanums als heilsam rühmen, aber der Rettichesser muß um die sozialen Konsequenzen seines übermäßigen Rettichverzehrs und Bierkonsums wissen. Was daraus folgt, mag in Wald und Flur und auf dem Felde abgehen und dort angehen, in der Kirche aber ist es natürlich unerhört und ein Skandalon!

Der Rettich kuriert also die eine »pestis«, wie Walahfrid schreibt, erzeugt aber eine andere Pestis. Und jeder Abt weiß, daß es gar nicht leicht ist, den Alumnen und Novizen für den Bruderstand aus dem Bauernstand, wenn sie uns ins Kloster gebracht werden, einiges abzugewöhnen, was sie in ihrem bäurischen Elternhaus selbstverständlich durften und taten. Ich sage dies als Feststellung und sicher nicht aus Verachtung oder Rücksichtslosigkeit gegenüber den Bauern, die mir als Bauernfreund auch schlecht anstünden. Aber es wurde nicht nur ein Proband zu seinen Eltern ins Dorf zurückgeschickt, der das landesübliche Ausspucken nicht lassen konnte. Die mit Auswurf werden hinausgeworfen. Wir sind hier nicht bei den Chinesen, sagte der Subener Abt einmal zu einem Bauernflegel, den er heimschickte. Wir sind hier nicht im Stall, sondern in der Kirche, und an diesem heiligen Ort wollen wir diese »Greuel der Verwüstung« nicht sehen und erleben und womöglich einen Spucknapf aufstellen. Einmal habe ich mir aber erlaubt, einen Mitbruder angesichts seiner großen Rettichbeete zu fragen: Hätte ein kleines Beet Radieschen nicht doch auch gereicht? Radieschen ist schließlich die Verkleinerungsform von Radix und Rettich. Nein, sagte er, da verstünde man im Oratorium kein Wort. Gott bewahre! Sein Wort in Gottes Ohr. Ja, wissen wir armseligen Kreaturen überhaupt, wie unser Gesang in den Ohren Gottes klingt, und sei er auch gregorianisch. Wir können nur krächzen und stottern, schnattern, rülpsen und donnern, sagte einmal ein zelotisch und pessimistisch gesinnter und gestimmter Mönch.

O Wernher, was hat sich Walahfrid, den sie wegen eines Augenfehlers mit Spitznamen Strabo, das heißt auf deutsch »der Schielende«, genannt haben, dabei wohl gedacht, daß er die Rose neben den Rettich gepflanzt wissen will, justament neben dem Rettich, der von manchen wegen seiner Wirkung mit einem Abnamen auch »der Stinker« gescholten wird, obwohl er ja selbst weder stinkt noch duftet. Eine Rose ist eine Rose und sie duftet. Soll so die duftende Rose ihre olefaktorische Wohltat über ihre Nachbarschaft ausgießen und den Rettich gewissermaßen veredeln? Oder soll das himmlische Erscheinungsbild der Rose neben dem unansehnlichen Kraut des Rettichs – und nur dieses, das überirdische grüne krautige Blattwerk sieht man ja vom Rettich, weil der eigentliche Rettich als Wurzel bleich und unansehnlich und unsichtbar in der tiefen Erde steckt – noch gehoben und erhöht und im Kontrast übermäßig gesteigert werden? Strabo nennt die Rose ja »die Blume der Blumen«, und sicher würde sie sich auch neben der Lilie, der einzigen wirklichen

Konkurrentin im Hortulus, mühelos behaupten.»Ihr zur Seite, bekannt und geehrt, stehn der Lilien Blüten«, schreibt Strabo selbst, ohne daraus aber die topologische Konsequenz zu ziehen und die beiden Blumen einander räumlich anzunähern ... Die Rose, »die alsbald mit ihrer Kraft und ihrem Duft allen Schmuck der Gewächse weit überstrahlt«, braucht nun wahrlich keine Nachbarschaft zu fürchten, doch für Walahfrid hat das homöopathische Prinzip des »gleich zu gleich« keine Geltung, sonst hätte er den Rettich wohl in der Nähe des Flaschenkürbis positioniert. Was aber will Strabo mit seiner Ordnung uns sagen? Will er uns damit nicht sagen, daß die Welt, Gott sei es gedankt, bunt ist und auch schrill sein darf, daß selbst die heilige Rose, Sinnbild der jungfräulichen Reinheit, in der Natur jedenfalls auch Dornen hat, und daß das Wurzelwerk der Rose, wenn wir es ausgraben und betrachten, verglichen mit der Wurzel des Rettich, der Wurzel der Wurzeln gewissermaßen, mit dieser nicht mithalten kann?

»Rose ohne Dornen« heißt es in jenem Marienlied, das wir gerne im Mai und an Marienfeiertagen singen. Das Lied ist herrlich und prächtig, aber *natürlich* in diesem Sinne ist eine Rose ohne Dornen nicht, sie ist *über*natürlich und himmlisch, sie ist *un*natürlich, das heißt der kreatürlichen Natur überhoben, unnatürlich wie die Kunst im allgemeinen und die Dichtkunst im besonderen! Und Walahfrid sieht selbst die Rose, abseits von ihrer geistlichen Bedeutung als Heilpflanze, im Hinblick auf das Rosenöl. Und er kennt auch jene Problematik, daß zermantschte Blütenblätter nicht nur ihren Duft verlieren, sondern alsbald penetrant, das heißt durchdringend, zu stinken beginnen. Auch die Schöne kann übel riechen! Das ist es, warum er schreibt: »Wenn aber einer zerquetscht / das glänzende Fleisch ihrer weißen Frucht, / so wird er verwundert bemerken, / daß wie verflogen / Alsbald entschwindet / jeder Gedanke an lieblichen Nektar ...«

Für wen, für wen nur duften die Rosen? Der anthropozentrische Mensch bezieht alles auf sich, und er ist und bleibt ein Egoist, der alles nach seinem Nutzen und seinem Geschmack beurteilt. Vieles von dem aber, was dem Menschen übel riecht und stinkt, schmeckt manch anderer Kreatur auf Gottes weiter Erde. Der Duft der Rose aber, mein lieber Wernher, ist primär sicherlich nicht für den Menschen bestimmt, sondern für die lieben Bienenvögel. Der Mensch darf nur mitschmecken, wie er am Honig, den die Bienen herstellen, ja eigentlich auch nur mitnaschen darf. Den Impen, wie unsere Bauern die Bienenvögel nennen, gilt also der süße Duft, sie will er anlocken und verführen. Verführen zum Verfahren, zum Verfrachten des Blütenstaubs. Um das Geschäft dieser Transporteure, die mit Nektar und Duft belohnt werden, zu ermöglichen, hat unser Schöpfer die Rose so reich begabt. Ach, Wernher, hättest Du statt des ›Helmbrecht‹ wie Vergil eine Laus apium, eine Laus gentis apium, ein Lob der Bienenvölker angestimmt! Wie gern läse jedermann einen solchen Hymnus und Lobpreis auf die emsige und rastlose Biene. Ein solches Buch wäre nützlich und lustvoll zu lesen. Aber wenn Du unserer Abtei Ranshofen keinen Libellus über die Bienen beschert hast, dann hättest Du wenigstens in der Nähe unseres Gartens ein Apiarium, ein Bienenhaus, errichten sollen. Ja, ein Bienenhaus selbst wäre natürlich noch viel vortrefflicher als ein Buch über die Bienen! Dann hätten wir auch Honig in Fülle, Milch und Honig, wie es in der Heiligen Schrift heißt. Eine Abtei braucht eine Mühle, einen Fischkotter und ein Bienenhaus. Und an Platz für ein solches Apiarium innerhalb der Umfriedungsmauer hätte es uns wahrlich nicht gefehlt, an einem geschützten Platz und Raum, damit sich nicht ein gefräßiger

Ameisenbär vom Kobernaußen oder dem Weilharter Forst herüber gütlich tun kann. Wir würden uns zu wehren wissen. Heute fällt es keinem Bären aus dem Kobernaußen ein, nach Ranshofen zu ziehen. Was sollte er hier auch suchen. Brennnesseln frißt er schließlich nicht. Obwohl Deine Wildnis genug Ungeziefer anzieht! ... Werren vor allem, wie gesagt! Wernher, man erzählt und ich lese bei Dir im ›Helmbrecht‹, daß Du das Wasser der Wanghausener Quelle über den grünen Klee lobst, und wie auf der ganzen Welt kein besseres Quellwasser als jenes aus dem Bründl neben der Kirche in Wanghausen fließe. Nach jenem Wunderbrunnen in Wanghausen habe aber das Reither Bründl in der Gemeinde Gilgenberg und damit der »Bauer in Hof«, der Helmbrechtsbauer, und sein Nachbar, der »Hartl in Hof«, das allerbeste Wasser. Dieses Wasser, heißt es, preist der Helmbrechtsvater seinem Sohn, den es in die Fremde und ins Elend, was das Nämliche ist, fortzieht, als das allerbeste Getränk an. Das hast Du gut geschrieben, gut und wahr, weil ich aus dem Wanghausener Brunnen bei einer dort stattgefundenen Visitation selbst schon getrunken habe und um den Genuß und die Heilwirkung jenes Bründls weiß. In diesem Punkte, weil Du wirklich ein Brunnen- und Wasserlob eingebracht hast in Deine Räubergeschichte, muß ich Dich loben! Der Brunnen in Reith ist mir unbekannt, obwohl ich sagen muß, daß mich das von Dir gerühmte Reither Bründl auch wieder ein wenig verwundert und in Staunen setzt, weil es um Hochburg und Gilgenberg, in beiden uns inkorporierten Pfarreien und Augustiner-Chorherrengütern, wegen der Beschaffenheit des Bodens Schwierigkeiten um das Wasser gibt, das an den Ufern von Inn und Salzach um so mächtiger sprudelt. Aber soll sein, daß der Bauer in Hof ein fast so gutes Wasser wie Wanghausen hat, wie Du wohl schreibst, ich vergönne es ihm von Herzen.

Wasser, mein Wernher, welch ein berauschendes Thema! Wäre es nicht einer längeren Rede wert gewesen, wäre es fürwahr nicht angebracht gewesen, daß Du Dich an diesem Ufer länger aufgehalten und Dich nicht so schnell wieder davon fortreißen lassen hättest, um Rauf- und Liebeshändel zu traktieren, zu allem Überfluß. Raubrittergeschichten, pfui Teufel!

Und Wanghausen in Ehren. Mein Wernher, was aber ist mit dem Wasser von Schardenberg. Und schließlich, was mich in diesem Zusammenhang nicht nur verwundert, sondern auch ein wenig ärgert und kränkt: War Dir unser Ranshofener Wasser nicht der Erwähnung wert, wo uns alle in der Umgebung darum beneiden. Wir gießen hier unseren Garten mit einem besseren Wasser, als sie es in Braunau auf den Tisch bekommen. Ja, leider gießt Du zu wenig, darum ist Dir unser Wasser offenbar nicht so vertraut. Du gießt und düngst zu wenig. Was das Gießen betrifft, rufe ich Dir Walahfrids Verse 55 folgende in Erinnerung: »Wenn trockene Zeiten weigerten etwa den Segen des Taus, dann trieben mich eifrig Liebe zum Garten und Sorge, daß nicht die fasrigen, kleinen Wurzeln erschlafften vor Durst, in geräumigen Krügen zu schleppen Ströme erfrischenden Wassers und tropfenweise zu gießen, Aus den eigenen Händen, damit nicht in heftigem Schwalle Allzureichliche Fluten verschwemmten die keimenden Saaten.« Erlaube, Wernher, Deinem Prior, daß er Dir dies Dictum Walahfrids hinter die Ohren schreibe. Denn wie oft schon ist dieser, Dein Prior, abends im Sommer, wenn er von seinem Fenster aus Salvia, Ruta, Gladiola und die anderen Pflanzen dürsten gesehen hat, buchstäblich herab- und hinuntergestiegen und hat mit dem köstlichen Ranshofener Wasser aus dem Spritzkrug die Vegetarien und Herbarien gegossen, während Du in Deiner Zelle, die nun freilich mehr ein Zimmer als eine

Zelle ist, geschrieben oder überhaupt gelesen, vielleicht ›Tristan und Isolde‹ von Gottfried von Straßburg oder eine andere Minne- oder Ehebruchsgeschichte gelesen hast ... Pfui Teufel. Pfui, weil ich das häßliche Wort nun schon in den Mund genommen habe: Wie, o Wernher, kommt es, daß Du nicht nur zu wenig oder zu sorglos, also manchmal zuviel und gegen Walahfrids Vorsicht verstoßend, gießt, sondern auch, daß Du zum Dünger offensichtlich keinen richtigen Zugang und Zugriff gefunden hast. Ja bei Deinen literarischen Favoriten, dem Kürnberger, dem Autor des ›Nibelungenliedes‹, und bei Heinrich von Freiberg oder Ulrich von Zatzikoven und wie die Autoren alle heißen, mit deren Werken Du meine Bibliothek angefüllt und überfrachtet hast, steht vom Segen des Düngers für den Garten nichts geschrieben. Fimum deficit, dort fehlt der Mist natürlich, diese Hofschranzen wissen natürlich nichts von Fimum, dem Dünger, und Sentina, der Jauche. Aber Du, Wernher, mußt als Bauernsohn doch wie ich in Burghausen hinter, nein vor allen Bauernhäusern und auch im Inneren, in den ummauerten Höfen, die Miststätten und Düngerlegen gesehen und die riesigen Misthaufen rauchen und dampfen gesehen haben? Ja, das Dampfen bildet bei den Römern im Lateinischen die Benennungsgrundlage des Mistes. Weil er dampft und qualmend raucht, heißt er Fimus oder Fimum. Fimus der Mist und Fumus der Rauch. Ein kluger Kopf hat den Mist einmal das »Gold des Bauern« genannt und damit nicht weit gefehlt. Wer keinen Mist ausbringt, keine Mast einbringt, sagen die Bauern und sie hüten ihre Misthaufen wie einen Schatz, trennen auch schön säuberlich den Schweine- vom Kuhmist und diese wieder von Schaf- und Ziegenmist, weil jeder Mist eine besondere Tugend, wie es heißt, besitzt. So wie von den Tugenden der Edelsteine gesprochen wird, der Tugend des

Demanten und der Tugend des Saphiren, reden die Naturkundigen auch von der Tugend des Schweinemistes und der Tugend des Bockmistes und der Tugend des Hühnermistes. Jeder hat seine eigene »Tugend«, und das nämliche gilt auch vom Harn und der Jauche, die die Bauern nicht umsonst den Adel nennen. Mich, einen Adeligen, kränkt diese Namensgleichheit keineswegs, mich, den bauernfreundlichen Adeligen ehrt sie! Ein Gärtner wie Du, Wernher, müßte wissen, welcher Mist zu welcher Frucht und Pflanze gehört, er müßte Kenntnis haben von der Affinität und der Zuträglichkeit dieses Mistes für diese oder jene Pflanze und die Inkompatibilität und die Unverträglichkeit zwischen Mist und Pflanze, die es auch gibt. Dir aber scheint Mist Mist zu sein. Mist ist aber nicht Schmutz oder Dreck! Hast Du in Gurten, Deinem Heimatort, nicht auch oft einen Bauern von seinem Mist schwärmen gehört! Wie oft habe ich in Burghausen einen Landmann von seinem besonders gut angefaulten Mist sagen und rühmen gehört: Wie Butter, oder wie eine Schmier, wie Verhackerts! Solche Vergleiche, Wernher, die den Mist mit den Lebensmitteln vergleichen, die schließlich gewonnnen und durch seine Hilfe geerntet werden, müßten einem Gärtner wie Dir zu denken geben. Ein Gärtner muß sich zum Mist hingezogen, nicht von ihm abgestoßen oder angewidert fühlen. Ich habe Bauern gesehen, die mit bloßen Händen im Mist wie in einem Brotteig gewühlt und sich begeistert haben. Und die Bauern nennen einen herrlichen Dung nicht umsonst »geil«. So wie es eine geile, das heißt üppige Kost gibt, gibt es auch einen geilen Mist. Mit Schöpfern und Kellen heben die Bauern sommerszeit Jauche aus der Grube und schütten sie über den Mist, damit er nicht austrocknet und »sperr« wird, wie sie sagen, das heißt dürr und kraftlos. Der Mist muß immer in einer Art Wasserbad, in Jauche eben schwimmen, damit er sich zersetzt und geil wird, er braucht Feuchte. Aber wem sage ich das, Wernher! Du müßtest mich über die Gärtnerei und das heißt auch die Düngerei belehren, und nicht ich Dich an den unermeßlichen Segen des Mists erinnern, und ermahnen müssen! Über achtzig Kühe stehen im Stall unserer Abtei, hundertzwanzig Schweine, die Schafe und Hühner und die Ziegen unberücksichtigt. Auch Kleinvieh macht Mist, heißt es voll Anerkennung für die lieben Hühner, Enten und Gänse. Da fällt manches ab, mein Wernher, und Bruder Koloman, der Stabularius unseres Stiftes, der Stallmeister, hätte Dir sicher von seinem Mist abgetreten, wenn Du ihn für Deinen Garten, unseren Garten, darum ersucht hättest. Und sicher hätte er Dir erlaubt, Dich beim besten gütlich zu tun und zu bedienen. Aber wenn Du, statt zu düngen, am ›Helmbrecht‹ schreibst, ist Dir nicht zu helfen. Die Pflanzen und wir alle müssen es dürstend leiden und büßen ...

Der Dünger in Ehren. Was aber ist alle Kunst und alle Literatur anderes als Mist und Dünger, Kunst-Dünger meinethalben. Wir Augustiner nennen uns gerne Herren, Chor-Herren eben, und dem mag entsprechen, daß wir und unsere Vorgänger uns immer etwas auf unsere Bibliotheken und unsere Codices und das viele Pergament zugute gehalten und vielleicht auch eingebildet haben. Die Äbte der Stifte haben sich gegenseitig überboten und übertrumpft mit ihren Beständen. Von überallher haben sie sich ihre Bücher besorgt und ihre Schriften akquiriert. Doch was ist schon alle Schriftelei angesichts der Natur, angesichts der Elemente und gar angesichts der Ewigkeit. Mist ist sie und Dünger, Humus im besten Falle, angefaulte Eitelkeit, Anmaßung und Überheblichkeit, mein lieber Wernher. Man hat mich auch schon einen schlechten Herren, Chorherren genannt, weil ich mich für die Gedanken des im Jahre 1226 verstorbenen Giovanni Bernardone aus Assisi, den sie liebevoll Francesco nennen, ausgesprochen habe, für einen, der seinen Anhängern, die sich ganz im Gegenteil zur Bezeichnung »Herren« als »Minderbrüder« bezeichnen, nicht bloß das Schreiben, sondern auch den Besitz von Büchern untersagt hat, weil sie seiner Auffassung von Literatur entsprechend zu nichts als Phantasmagorien, jedenfalls zu nichts Gutem führen. Ich weiß, Wernher, was Du einwenden möchtest, daß nun auch das Leben des Mannes aus Assisi, das sich bald wie das eines Heiligen anhört, seinerseits zu vielen Beschreibungen, Biographien und Büchern schon geführt hat und fürderhin führen wird. Ja es ist eine der großen Widersprüchlichkeiten der Menschen, daß alles Große alsbald zu Buche schlägt und aufgeschrieben werden zu müssen geglaubt wird. Zuerst werden Bücher und dann auch noch Bücher über Bücher geschrieben. Ach ließe man all die Geschichten ungeschrieben, wäre doch endlich Schluß mit all den literarischen Albernheiten des Erzählens. Jeder glaubt heute, er müsse eine Geschichte erzählen und zum besten geben. Viel Schlechtes wird so zum besten gegeben ... Und wenn er, der Erzählwütige und Mitteilsame, aber gar nichts eigenes Mitteilenswertes in seinem traurigen und dürftigen, durch und durch trostlosen Leben vorfindet, dann fängt er von König Artus und seinen Tafelrunderittern zu erzählen an. Lieber Wernher, die alten großen Poetologen Cicero, Horaz und Quintilian haben in ihren Regelbüchern verlangt, daß alles Schreiben nicht nur unterhalten, sondern auch unterrichten und belehren müsse. Und etwas bewegen! Leg nun diesen Ellen und diese Schublehre an die heutigen Mären und Epen an, und Du wirst alle als zu kurz geraten befinden. Es mangelt am Gehalt, es fehlt an allen Ecken und Enden an seelischer Nahrhaftigkeit. Beispiele sollen die Geschichten sein, die zur Nachahmung anregen, oder auch negative Beispiele, die vor der Nachahmung warnen, die meisten Bücher aber sind unter diesem Aspekt allenfalls Bockmist. Wie aber ist es mit Deinem ›Helmbrecht‹: Wohl kann man zu seinen Gunsten sagen, daß er den Kindern die Beobachtung des 4. Gebotes nahelegt, den Bauernkindern. Aber werden diese Deinen Roman lesen können, die ungebildeten Kinder der ungebildeten Bauern? Und haben die gebildeten Kinder der Bauern, die unter dem Krummstab befindlichen, kirchlich gebildeten Bauernkinder oder Bauernfreunde wie Du und ich, Dein Abt, diesen Unterricht notwendig? Warum sollten wir uns in ihn begeben!

Lieber Wernher, Du hast, als Du als Konverse hier im Stift Ranshofen eingetreten bist, als Dich Deine liebe Mutter, eine ehrbare Bäurin aus Gurten, an der Pforte dem Prälaten, meinem Vorgänger, übergeben hat, feierlich versprochen und gelobt, wenn auch nur auf deutsch, ja eigentlich in bairischer Mundart, weil Du ja des Lateinischen und der Vokabeln spondeo ac polliceor nicht kundig und fähig gewesen bist, ein frommes Leben in Gebet und Arbeit zu führen und in allem Deinem Dir von Gott Vorgesetzten – und nichts anderes bedeutet das lateinische Prälat oder Propst im Deutschen – zu gehorchen und alles zu erfüllen, was Dir an Aufgaben und Pflichten aufgetragen wird, ohne Murren freudig auszuführen. Und Du weißt, welche Gunst und welche Gnade, um das allein angebrachte theologische Wort zu verwenden, diese Aufnahme in den Orden der Augustiner-Chorherren, die Du schließlich mit der ewigen feierlichen Profeß besiegelt hast oder Dir vielmehr gewährt und geschenkt wurde, bedeutet und darstellt. Electi nennen wir diejenigen, denen der Eintritt in den heiligen Bezirk gewährt wird, das heißt Auserwählte. Du warst einer dieser glücklichen Auserwählten. Und Du weißt auch, wie viele an den Pforten der Klöster abgewiesen werden, abgewiesen werden müssen, nicht aus Übermut oder Mutwillen, sondern weil diese Klöster schlicht und einfach voll, ja übervoll und überfüllt sind. Es herrscht nicht nur in Baiern, sondern in ganz Europa eine Kleriker-, eine Priester- und Pfarrerschwemme, die Kirche ist nicht imstande, alle, die in ihren Dienst drängen, an- und aufzunehmen, sie ist gezwungen, einen strengen Numerus clausus zu beobachten und eine oft als hart empfundene Auswahl und Auslese zu treffen. Dieses Examen rigorosum, diese strenge Prüfung der Kandidaten für das geistliche, insbesondere für das Priesteramt, erzeugt nicht wenig Unwillen.

Bei diesem ungeheuren Andrang und Angebot an Alumnen, Novizen und Kandidaten, wie sie heute herrschen, sehen es die Bischöfe, Erzäbte und Äbte geradezu als ihre Pflicht an, nur die besten und geeignetsten zum geistlichen Amt zuzulassen und die strengsten Vorschriften des Codex iuris canonici hinsichtlich der körperlichen, der geistigen und der geistlichen Eignung der um Einlaß und Aufnahme Bittenden anzuwenden. Eigentlich müßte ich die Reihe der Qualifikation ja umdrehen und auf den Kopf stellen: Geistlich, geistig und körperlich. Ja auch körperliche Voraussetzungen verlangt der Priesterberuf, wenn sie auch nicht an vorderster Stelle stehen. Denn wenn, wie es zu Recht heißt in der Regel des Benedikt, die in diesem Punkt auf der älteren, der sogenannten Meisterregel fußt und auch mit der auf unseren Patron und Gründer, den heiligen Augustinus, zurückgehenden Regel übereinstimmt, dem Gottesdienst nichts vorgezogen werden darf, so muß der Priester als Zelebrant dieses Gottesdienstes natürlich gewisse Voraussetzungen erfüllen. Es heißt Zelebration, also Feier, Feier der Messe. Und es heißt, der Zelebrant müsse zum Altar als dem Ort der heiligen Handlung schreiten. Schreiten, nicht gehen und sicher nicht schlendern. Damit sind nicht nur alle Lahmen und Gichtbrüchigen, sondern auch alle Einbeinigen ausgeschlossen. Und wenn er nach der Wandlung den Kelch und das heilige Brot, den Leib und das Blut Christi erhebt und den Gläubigen zeigt, dann verlangt dies gerade Arme und unverkrüppelte Hände. Wie viele an unserer Pforte ankommende und ins Stift Einlaß erbittende aus dem Bauernstand kommende Kandidaten erfüllen gerade diese Voraussetzungen nicht, und es herrscht eine bedauerliche Verwahrlosung unter der bäuerlichen Jugend. Wie viele Kinder etwa werden uns gebracht, die einen Kropf groß wie einen Kopf haben! Ja es gibt Weltgegenden, Konrad von Megenberg schreibt darüber und er nennt in seinem ›Buch der Natur‹ vor allem das Herzogtum Kärnten, wo der Kropf das Normale und der kropflose Mensch die Ausnahme bildet. Konrad sieht im Wasser und seiner Chemie den Grund dieser Hypertrophie. So ist es in jenen Gegenden geradezu auch zu einer Umkehrung der ästhetischen Ansichten von der Schönheit des Menschen gekommen, daß der Mensch mit einem Kropfe für ansehnlicher gehalten werde als der Mensch ohne denselben. So haben auch die Kollegen im Amte, in St. Paul, Viktring und Millstatt andere und ortsbezogene und ortsübliche Regeln in diesem Punkt und dementsprechend auch viele Mitglieder in ihren Konventen mit Kröpfen. Wir in Innbaiern haben hier andere Vorstellungen und Möglichkeiten. Wie viele Gebrechen und Schwächen haben aber auch unsere Bauern und unsere Landjugend! Vor allem ist es der Most, den die Baiern gern auch Landessäure nennen und von dem schon die Kleinkinder viel zuviel zu trinken bekommen, der beim Wachstum der Kinder einen großen Schaden anrichtet. Es ist auch eine Unsitte, gegen die wir ja auch in unserer Kirche beim sonntäglichen Gottesdienst seit langer Zeit vergebens anpredigen, die unruhigen Kleinkinder mit einen in Met, vergorenen Honigwein, getauchten Zutz im Mund zu beruhigen. Wohl schlafen dann die Kleinen, aber sie schlafen ja eigentlich schon einen Rausch aus. Soll ich überhaupt noch von den Rauschkindern, armen inzestuösen Kreaturen reden? Ich unterlasse es. Dein Helmbrecht, o Wernher, ist so gesehen ja auch ein typischer Vertreter seines Standes. Wohl spricht der Vater, der aufrechte und gerechte, vom Wasser, namentlich von dem erwähnten Wasser des Bründls von Wanghausen, oder eigentlich seinem eigenen, einem guten, wenn auch nicht mit jenem von Wanghausen vergleichbar, der Sohn aber ist ein Zecher und Säufer, und er ist als solcher auch nicht vom Himmel gefallen. So wäre es schon der poetischen Rede wert gewesen, der Du in diesem Fall aber nicht genügst, zurückzufragen, wie er dazu geworden ist, und ob nicht auch den untadeligen Vater und vor allem die Mutter mit ihrer Affenliebe ein Teil Schuld trifft. Nicht nur das Wasser, ob aus Wanghausen oder Reith oder Ranshofen, verschmäht der junge Helmbrecht, er verachtet auch den landesüblichen Most. Wein muß es sein, was die Leitgebin, die Wirtin, bringen und auf den Tisch der Wirtschaft stellen muß. Wie viele Zecher der Innviertler Zechen sind nicht auch heute Zechpreller. Und mancher der vielen Raufhändel rührt von hierher. Und die den Konsorten der Zechen nachgesagte Unempfindlichkeit gegenüber Verletzungen in jenen Kämpfen mit Wirten oder der Zechen untereinander, hat ihren tieferen Grund in der anästhesierenden Wirkung der alkoholischen Getränke. Im Spiritus, dem Geist aus der Flasche, wurzelt und grundiert jene erstaunliche Gleichgültigkeit gegenüber ausgerissenen oder abgetrennten Gliedmaßen oder Fingern, gegenüber dem Verlust eines Auges, oder einer Platzwunde an der Schwarte.

Und doch steht bei unseren Prüfungen von Weihekandidaten nicht das Körperliche an erster Stelle. An vorderster Stelle steht das Geistige und Geistliche. Und weil wir zuerst nach dem Glauben und der Spiritualität Ausschau halten und erst sekundär nach dem Leiblichen und der korporalen Integrität fragen, haben auch immer wieder Mönche mit nicht optimalen körperlichen Voraussetzungen, ja durchaus auch solche mit beträchtlichen Mängeln, in den Monasterien Einlaß und Zugang gefunden. Natürlich haben jene Kandidaten mit kleineren leiblichen Gebrechen diese mit besonderen religiösen und intellektuellen Tugenden wettgemacht und kompensiert. In manchen Fällen haben jene Mönche mit kleineren körperlichen Fehlern sogar Beinamen oder Spitznamen, auch Übernamen, erhalten, die auf diesen Umstand anspielen. Die Träger dieser nicht unironischen Übernamen haben aus diesen Übernamen aber schließlich Ehrentitel und Ehrenprädikate gemacht. Und um konkret zu sein und Beispiele zu nennen, sage ich etwa die Namen der beiden großen Notker von St. Gallen, die vor noch nicht einem Vierteljahrtausend, nämlich um das Jahr 1000 in St. Gallen so große, auch literarische Taten vollbracht, der eine, Notker Labeo, in der deutschen, der andere, Notker Balbulus, aber in der lateinischen Sprache, wovon auch Ekkehard in seinen ›Casus Sancti Galli‹ so beredt Mitteilung macht und Kunde gibt. Dir, Wernher, werde ich aber nicht sagen und übersetzen müssen, was Labeo bedeutet, es heißt der »Großlippige«, und Balbulus, dieses iterierende oder repetierende Wort, heißt vielsagenderweise »Stotterer«. Neben diesen Kosenamen oder Spitznamen, die die beiden zu Ehrentiteln verwandelten, die auch helfen, sie zu unterscheiden, haben sie aber schließlich wahre Ehrennamen bekommen, Notker Labeo darf sich »der Deutsche« und Notker Balbulus »der Dichter« nennen. Ruhmreiche Gestalten, Giganten des Geistes! Immer aber, wenn wir den großartigen Hymnus ›Tantum ergo‹ anstimmen, denke ich mit Rührung und Hochachtung an Notker Balbulus, über den Ekkehard soviel Berührendes und menschlich Bewegendes mitteilt. Dieser Notker mag im Leben beim Sprechen gestottert haben, beim Schreiben aber hat er weder gestottert noch angestoßen noch gelispelt, hier hat ihn kein Rhotazismus und kein Sigmatismus, oder was es auch sei, was mit Balbulus ausgedrückt gewesen sein mag, am schönen Ausdruck gehindert. Und Ähnliches, ebenso Vorteilhaftes ließe sich natürlich von Notker Labeo, dem deutsch schreibenden Notker mit der dicken »Lippe«, wie die Norddeutschen, »Lefze«, wie wir Baiern sagen, behaupten. Und muß ich noch an den Großen im benachbarten Kloster auf der Reichenau, eben jenen Walahfrid mit dem Beinamen Strabo, erinnern. Er hat, wie im Namen ausgedrückt, geschielt. Diese Schelchäugigkeit hat ihn aber nicht daran gehindert, seinen ›Hortulus‹ zu schreiben, der noch heute die Welt, jedenfalls jenen Teil der Gesellschaft, der sich dem Nützlichen, dem Nützlichsten als insbesondere der Landwirtschaft und Gärtnerei zuwendet, in Erstaunen versetzt. Strabo hatte den sogenannten Silberblick. Er besaß den Silberblick, aber ein Herz aus Gold.

Da es natürlich noch eine ganze Reihe anderer mit ähnlichen Kosenamen bedachter Mönche in der Geschichte des abendländischen, aber auch des morgenländischen Mönchstums gibt, haben immer wieder Kritiker der Kirche und ihres Klerus erkennen wollen, daß die Konvente eben doch eine »negative Auslese« darstellten. Damit wird aber die Größe der Konvente und das Verhältnis zwischen jenen »Entstellten« und der Gesamtzahl der Konventualen verkannt. Allein Hirsau hat heute vierhundert Mönche, da mögen gern drei, die durch einen kleinen Augenfehler, einen Klumpfuß oder mit nur vier Fingern an der linken Hand auffällig sind, darunter sein. Und diese lassen den Augenfehler durch außerordentliche Frömmigkeit übersehen, dem

Gehbehinderten ist nicht die Spur eines Vergehens gegen die Regel vorzuwerfen, und dem Vierfinger fehlt es wahrlich nicht an Eifer, wenn es gilt, die Hände zum Gebet zur Fünf-Uhr-Hore zu falten!

Immer wieder wird den kirchlichen Obrigkeiten vorgeworfen, sie verführen parteiisch und nähmen nur jene auf, die ihnen zu Gesicht stünden, und die Auslese, die die Oberen träfen, sei also negativ. Nicht die besten, die tüchtigsten und frömmsten Knaben bekämen bei jenen Ausmusterungen ihre Chance, sondern jene, die über die größte Protektion verfügten, die also schon einen nahen Verwandten im Klerus, namentlich im Episkopat haben. Und vor allem sei es der Adel, der es sich in der Kirche immer wieder richten könne und sich breitmache. Wenn ein Graf zweispännig in einer feudalen Kutsche oder einem Schnellwagen mit seinem Sohn an der Pforte vorfahre, sagen die Kritiker, dann seien die Prälaten schon von der Pracht und dem Glanz der Rösser und des Zeugels, den funkelnden Beschlägen, den bestickten Scheuklappen und der Gediegenheit des Gefährts eingenommen und voreingenommen, und der Grafensohn ist hinter seinem Vater noch kaum ausgestiegen, da ist er auch schon akzeptiert, das heißt an- und aufgenommen. Der Herr Graf hat sich natürlich auch schon angemeldet, und der Pförtner im Stift hat von der Prälatur herunter Ordre erhalten, beide Flügel, und zwar nicht beim Nebeneingang, sondern diesmal ausnahmsweise beim Hauptportal zu öffnen und sozusagen große Einfahrt zu gewähren. Wenn aber ein armes Bäuerlein oder eine eingezogene alte Bäurin mit seinem oder ihrem Sohn oder Enkel zu Fuß oder wie am Land üblich barfuß an der Pforte anlange und eintreffe, finde freilich kein großer Empfang statt, und es dauere lange, bis sich ein subalterner Kleriker aus dem Konvent das wartende Pärchen und vor allem den Knaben anschaue. Und die Fragen an das Mütterlein und den Buben im sogenannten Bärenstark-Test seien hart und inquisitorisch. Denn gleich muß sich die Mutter die Frage gefallen lassen, warum sie ihren Sohn loswerden möchte. Ob der Bub Bettnässer sei, ob der Vater keinen der im Kirchenrecht indizierten Berufe wie Schlächter oder Henker ausübe, deren Söhne vom geistlichen Beruf ausgeschlossen seien, ob er verläßlich ehelich und zweifelsfrei kein Bankert, also wirklich Kind und nicht Kegel sei und so fort, was der Fragen noch mehr sind. Immer werde vor allem den kinderreichen Bauern unterstellt, daß sie sich unliebsamer Mitesser entledigen wollten, daß also jene großmütigen Offerten an die Stifte doch eigentlich und im Grunde nichts weiter als Kindesweglegungen seien. Oh, Wernher, es ist eine lange Reihe, jene Reihe der Vorwürfe und Einwände gegen die Kirche, die erhoben und immer wieder vorgebracht werden. Und wenn auch hin und wieder ein Anwurf gerechtfertigt sein mag, weil natürlich auch in der heiligen Kirche Menschen, fehlerbehaftete und sündhafte Menschen am Werk sind, so kann ich jedenfalls für mich sagen, daß ich mich bei meinen Entscheidungen ausschließlich vom Interesse der Religion leiten lasse, der Religion in erster und der Kirche erst in zweiter Hinsicht. Ich bin als Mann des Adels und Bauernfreund bestimmt nicht, was man gerade von Bauernbürtigen in der Kirche gerne sagt, ein »Kronenkraxler«, das heißt ein der Aristokratie gegenüber devoter und serviler Mensch. Und namentlich, wenn jemand einmal in das Stift aufgenommen und Mitglied des Konventes ist, gelten andere Gesetze und Regeln. Hier sind in Christus alle gleich, es gibt keine adeligen und keine nichtadeligen Mönche. Und ich bemühe mich auch, nicht etwa in den konträren Fehler zu verfallen, nämlich die Bauernbürtigen unter den niedrigen Klerikern zu präferieren oder bevorzugt zu behandeln. Natürlich redet sich ein Bauer mit einem anderen Bauern leichter als mit einem Patrizier, das ist nur natürlich. Ja, gerade, lieber Wernher, weil ich mit Dir, weniger als von Propst zu Frater als vielmehr von Bauernfreund zu Bauernsohn reden kann, ermahne ich Dich hier und erinnere Dich, daß Du, als Dir durch meinen Vorgänger die Gnade der Aufnahme geschenkt wurde, durch den Mund Deiner Mutter gelobt und versprochen hast, Dich als Frater nicht nur des Gebetes, allein und im Chor, zu befleißigen, sondern Dich gerade auch aus Vertrautheit mit dem Bauerntum später der Gärten des Stiftes Ranshofen liebevoll anzunehmen. Du wurdest als Gärtner berufen. Dieser Berufung zum Gärtner aber wirst Du mehr und mehr untreu. Du hast nachgelassen, denn Deine Arbeit hatte sich vorerst gut angelassen und auch buchstäblich schöne Früchte gezeitigt. Daß Du Dich von Anfang an weit mehr als andere Fratres, die am Schreiben und Lesen uninteressiert und oft freiwillig und gern im Zustand des Analphabetentums verharrten, mit den sogenannten Kulturtechniken beschäftigt hast und hierin viele auch der Herren, also viele unserer Geweihten und Eingeweihten, übertroffen hast, habe ich immer oder doch anfangs mit Zustimmung und Genugtuung wahrgenommen, weil Du Dich so über die Literatur des Altertums über die Agrikultur und die Architektur, über Plinius, Aristoteles, Vitruvius und wie sie alle heißen, verständig und kundig gemacht und so dieses Wissen für unsere Ranshofener Gärten nutzbar gemacht hast. Ein wohlbestellter Garten ist ohne das Studium der klassischen Literatur ja gar nicht denkbar. Und Deine Fortschritte nicht nur im Gewürz-, Arznei- und Gemüsegarten waren dank Plinius' ›De natura rerum‹ erstaunlich und faszinierend! Namentlich hervorheben möchte ich, daß Du bei der Neugestaltung unseres Friedhofes, nämlich seiner Bepflanzung nach dem Vorbild des Klosters in St. Gallen mit Obstbäumen, die dort prächtig gedeihen, eine goldene Hand, einen grünen Daumen hattest, wie man wohl sagt. Herrliche Birnen und Äpfel, faustgroße Walnüsse, aber auch glänzende Quitten und Asperln warfen die Friedhofsbäume ab, und das schon nach wenigen Jahren. Die Kirschbäume aber, die Du dort auch pflanztest, wuchsen viel schneller als anderswo und machten in kurzer Zeit den Eindruck, als wollten sie in den Himmel wachsen. Und mochten sich die Erfolge im Gewürzgarten, im Hortulus und im Gemüsegarten auch nicht in gleicher Weise einstellen, so hat Dein Erfolg als Friedhofsgärtner doch jene Defizite vergessen lassen. Das Obst hat sozusagen die Kürbisse aufgewogen, die Umurken wurden durch die Kornäpfel, der Rettich durch die Landlbirnen und die üppigsten Fleischkirschen kompensiert. Und daß es von Anfang an an den Blumen gebrach, mochte man als die Abwesenheit von Luxus und dieses Defizit im Sinne der Askese rationalisieren. Blumen sind nicht lebensnotwendig und gepflückte Blumen werden von manchen überhaupt als getötete und ermordete Geschöpfe betrachtet. Daß Du aber einmal ein Plädoyer für das Unkraut gehalten und auf den Einwurf und die Beschwerde eines Chorherren hin coram publico oder coram conventu, wie ich sagen muß, für die Berechtigung des Unkrautes Dich ereifert hast – Ohne Unkraut kein Kraut! hast Du gerufen! –, haben Dir damals schon viele als die falsche Rationalisierung und Begründung Deines Versagens und Deiner Abwesenheit im Gewürzgarten und im Blumengarten ausgelegt. Das haben manche als einen theologischen Vorwand für Faulheit und Nachlässigkeit verstanden, als Ausrede. Bruder Wernher, sagten einige, stellt alles Gott anheim, der auch viel Unkraut zuläßt und Schädlinge und Ungeziefer. Davon aber, daß in der Bibel auch steht, daß das Unkraut zur Zeit der Ernte mit Putz und Stingel gewissermaßen ausgereutet und im Feuer verbrannt wird, weiß Bruder Wernher offenbar nichts. Das steht nicht in seinen Schriften und Büchern, davon findet er nichts in der Geschichte von ›Tristan und Isolde‹, das zu erfahren, müßte er die Heilige Schrift zur Hand nehmen. Was macht Bruder Wernher der Gärtner nur, fragten sich viele, was macht er nur, weil er nichts macht, und wo läuft er hin, wenn er hier alles laufenläßt. Du hast aber schon damals an Deiner ›Helmbrecht‹-Geschichte gearbeitet. Ich weiß es.

Die Vorwürfe, lieber Wernher, die Du nun erhebst, gegen den Konvent und gegen die Leitung, also mich, gehen ins Leere. Du wurdest von mir nicht gleich wie alle anderen, sondern »gleicher« und bevorzugt behandelt. Um Deiner Schreibarbeit willen habe ich Dir lange Zeit die verwilderten Gärten nachgesehen. Und wenn im Herbst im Refektorium nach der Hauptspeise der Mahlzeit zu Mittag oder am Abend als Nachspeise Obst auf die Tische kam und die prächtigen Friedhofsbirnen und rotbäckigen Friedhofsäpfel hereingetragen und aufgelegt wurden, habe ich nie unterlassen im Scherz zu sagen: Dank sei dem Allmächtigen und Wernher dem Gärtner. Oder ich sagte: Eminenter! Das ist wahrlich kein Afterboß.

Das Wort Afterboß haben natürlich nicht alle verstanden. Dieses Wort haben nur die Herren und Brüder aus dem Bauerntum verstanden. Du, Wernher, hast natürlich gewußt, daß der Landmann das letzte im Spätherbst von den Bäumen geschlagene Obst, die kleinen verwachsenen und verschrumpelten, vor der Reife vom ersten Reif schon verkümmerten Äpfel und Birnen, die sich aber hartnäckig an den Ästen festhalten – leicht, wie sie sind und geblieben sind –, Afterboß nennt, also eigentlich das zuletzt, *after*, herunter *geboßte*, »geschlagene« Obst, und daß dieser Ausdruck meinerseits ein Ausdruck der Anerkennung und des

Respektes und ein Kompliment für Dich und Deine Obstbäume auf dem Friedhof darstellte. Sicher, der Konvent hat nicht immer in mein Lob für Dich eingestimmt. Die Herren haben mit Appetit das Obst verzehrt, aber nur Gott als den Herrn dieser Ernte ansehen wollen. Die Herren urbaner Herkunft aus den großen Städten des Landes, aus Vilsbiburg, Landshut, Ingolstadt, Freistadt, Rohrbach, Ried oder Vöcklabruck, Simbach oder Haag, unter unseren Mitbrüdern haben das Bauernwort aber gar nicht verstanden und wohl auch einmal nachgefragt und von mir etymologischen Unterricht erbeten und erhalten.

Ich glaube jedenfalls nicht, daß ich es an Achtung vor Dir und für Dich habe fehlen lassen, auch noch, als sich alle in der Gemeinschaft gegen Dich gestellt und von mir Deine Relegierung verlangt haben. Was Du ein wenig rechthaberisch als Dein Recht angesehen und bezeichnet hast, haben Deine Mitbrüder bereits als Privi-leg, also als Vorrecht angesehen. Immer werden dem Gärtner Extrawürste gebraten, hieß es murrend. Natürlich wurde der Unmut gegen Dich besonders groß, als Du Deine ›Helmbrecht‹-Geschichte geschrieben und damit einen großen Erfolg als Ernte eingebracht hast. Dieser Erfolg war nun wahrhaft überwältigend. Gleich im ersten Jahr nach Bekanntwerden Deines Werkes kamen zwei Anfragen und Bitten um Abschriften, und ein Bittsteller hat sogar einen Vorschuß geleistet und bezahlt, so sehr war ihm an einer Abschrift gelegen. Und die Anfragen um Abschriften vermehrten sich in den folgenden Jahren noch, Grafen und Äbte, Bischöfe und Vögte, Schultheißen und Schaffner waren darunter. Die Nachfrage nach Deinem ›Helmbrecht‹ übertraf alle Erwartungen und sie übertraf jene nach den Werken Hartmanns, Wolframs oder Ulrichs von dem Türlin. Und es war sicher nicht meine Schuld, daß unser Skriptorium den Anfragen nur sehr langsam nachkam und im Jahr kaum zwei Nachfragen befriedigte, so daß die Warteliste immer länger wurde und die Bittenden sich schließlich an andere Schreibstuben, an Skriptorien anderer Abteien, vor allem der alten Orden der Benediktiner und Zisterzienser, also nach Kremsmünster oder Wilhering oder auch an die Prämonstratenser in Schlägl um Handschriften wendeten. Von Schlägl etwa heißt es, daß dort ein Mönch Dein Werk bereits viermal geschrieben habe und darum gar keine Vorlage mehr brauche, sondern auswendig niederzuschreiben in der Lage sei, und daß darum einige Personen in der Mühlviertler Umgebung bereits ihn, diesen Abschreiber, für den Verfasser des Werkes hielten, was er selbst aber immer in Abrede stelle. Wenn unser Skriptorium so langsam arbeitet und unsere Schreiber lieber mit anderen, vor allem heiligen Texten beschäftigt sind, so liegt darin sicher auch ein wenig Neid und Mißgunst Dir, Wernher, gegenüber. Und die Beschwerden über Deine Gärten und die Vorwürfe, daß Du ein guter Schrift-Steller, ein guter Schrifthersteller sein mögest, aber ein schlechter Gärtner seist, sind natürlich nicht frei von Neid. Wir sind alle nur Menschen. Daß sich Deine Unzufriedenheit aber nun auch gegen mich wendet, der ich Dir so vieles nachgesehen und all die Jahre über die Brennesseln hinweggesehen habe, finde ich ausgesprochen ungerecht. Ich, Dein Propst, habe an Deiner Stelle und für Dich die dürstenden Pflanzen gegossen, und Du schüttest nun über mich Vorwürfe aus?

Ich erinnere Dich, um nur noch dies zu erwähnen, an die Angelegenheit, die als die »Priapos-Affäre« oder der »Obszenenskandal von Ranshofen« in die Geschichte eingegangen ist. Ich habe es nicht gebilligt oder gutgeheißen, aber doch zugelassen, weil es nun einmal der Tradition entspricht, daß Du gleich am Eingang zum Hortulus einen Priap aufgestellt hast. Schließlich erwähnt auch Strabo den Priap in seinem Reichenauer Garten. Obwohl Du als Gärtner sonst Strabo nicht gefolgt bist, hast Du Dich, den Priap betreffend, an ihn gehalten! Schon vorher hatte ich schließlich meine Zustimmung gegeben, daß Du einen Priap bei einem Braunauer Bildhauer in Auftrag gegeben hast, wenn ich auch mit Dir nicht übereinstimmte, was die Größe der Statue des Fruchtbarkeitsgottes betrifft. Du wolltest einen überlebensgroßen Priapos. Das hätte aber bedeutet, wie auch Meister Frank aus Braunau an Hand seiner Visierung nach einem antiken Vorbild feststellte, daß jener Körperteil, der den Priapos nun einmal signifiziert, länger als dreißig Zoll gewesen und von ihm abgestanden wäre. Einen derart ärgerlichen und anstößigen Ständer an jenem Standbild wollte ich natürlich nicht erlauben. Und es hat mich Mühe gekostet, Dich von Deinen Größenvorstellungen von der ganzen Gestalt und ihren Teilen, namentlich ihrem erigierten Geschlechtsteil, abzubringen und Deinen Größenwahn auf eine vernünftige Dimension zu reduzieren. Ich hatte wahrlich nicht den Ehrgeiz, den Priap Walahfrid Strabos auf der Reichenau zu übertrumpfen und zu übertreffen. Was der berühmten Reichenau recht war, sollte Ranshofen immer noch billig sein. Lauthals Priapeien, also priapeische Oden und Gesänge anstimmen und Lieder auf Priap singen, wollte ich wahrlich nicht, das hätte sich nicht geschickt. Ich wollte der Tradition genügen, aber keinesfalls übertreiben.

Es hat auch vor uns schon einen Garten in Ranshofen gegeben und er ist ohne den sonst üblichen Priap ausgekommen. Jetzt steht er also dort, Dein Priapos, mittelmäßig groß und von vielen belächelt oder bespöttelt, aber auch als hölzerner Stein des Anstoßes, immer noch. Schließlich kommen auch Kinder vorbei, und nicht nur einmal habe ich einen Buben seinen Vater, der ihn an der Hand führte, fragen gehört, was denn dieser häßliche Zwerg, dieser Riesenzwerg dort in dem verwilderten Garten, an sich habe, was so hervorsticht. So war es jedenfalls früher, als die Brennesseln noch nicht so hoch waren, die heute alles überwuchern, so daß das Gemächte des Priap im Grünzeug unter Sauerampfer, sogenannten halberten Roß und Gestrüpp wie unter Moosbärten untergegangen ist. So hat alles Schlechte auch sein Gutes, das Unkraut hat jenen Gnom mit seiner ärgerlichen Permanenterektion gewissermaßen züchtig gemacht. Die Natur ist gnädig. Ich habe früher aber auch einmal gesehen und vom Fenster meiner Prälatur aus beobachtet, daß ein Vater seinen unschuldig fragenden Sohn wegen dessen Frage nach Deines Priaps Potenz gescholten und geohrfeigt hat. Was geht denn das dich an, sagte er, was kümmerst du dich um die schmutzige Phantasie der Augustiner-Chorherren, sagte der Vater zornig. Und er gab seinem Nachwuchs eine Ohrfeige, was ich natürlich sehr mißbilligte. Der gute Vater hätte besser getan, den Stein des Anstoßes zum Anlaß einer Unterrichtung über einige Grundfragen und Grundlagen der Anthropologie zu nehmen. Er hätte wirklich statt zuzuschlagen besser getan, bei Adam und Eva anzufangen und seinen Sohn darüber zu belehren, daß Gott den Menschen erschuf und daß er den Menschen als Mann und Frau erschuf. Als Mann und Frau erschuf er ihn, heißt es in der Schrift. Und daß es sich hier um einen Mann handle im besonderen Zustand der männlichen Erregung. Und daß es einzig der Kunst erlaubt sei, die Nacktheit, die in der nachparadiesischen Zeit der Scham unterworfen ist, dar- und herauszustellen. Und er hätte ihm erklären sollen, seinem fragenden Filius, daß es sich bei dieser Statuette um einen heidnischen Gott, also eine irrationale und irreale Gestalt der vorchristlichen Zeit handle, die überhaupt unter einem anderen Gesetz als dem heutigen Kirchenrecht stehe. Wo die Natur ihr Recht verlangt und geltend macht, haben Kaiser und Papst nichts zu verbieten. Der Natur aber kann man das Natürliche nicht verbieten und daß es das Tierische im Menschen sei, das Animalische und wohl auch Dämonische, das an diesem menschenähnlichen, aber doch eher äffischen Homunculus so drastisch herausgestellt werde. Und so fort und so fort.

Du weißt, lieber Wernher, daß ich hier von jener Zeit vor jener Rauhnacht nach dem 5. Dezember im Jahr des Herrn 1238 spreche, in der durch die Hand von Lausbuben Dein Priap in unserem Ranshofener Stiftsgarten entmannt wurde, sofern man bei ihm von einem Mann sprechen möchte. Natürlich war die Schadenfreude im ganzen Bezirk, ja im ganzen Herzogtum Baiern und nicht nur im Innviertel groß, als sich die Kunde von der Entmannung Deines Priaps verbreitete. Überall hörte man mit Häme, in Ranshofen hätten sie den Gartenzwerg oder den »Monn mit der longen Stong«, wie er inzwischen überall genannt wurde, »ausgegliedert« und »ausgebeutelt«. Die feineren und gebildeteren Leute sprachen nun vom »Ranshofener Kastraten«. Kunststück war es nun wahrlich keines für die durch die Rauhnacht ziehenden, Bosheit im Sinne und im Schilde führenden und betrunkenen Bauernlümmel und Spießgesellen und Mordbrenner einer Innviertler Zeche mit einer mäßig langen Stange oder Latte vom Zaun her, die lange Stange des Priap abzuschlagen, so daß nur noch ein Stummel und ein Teil des Testiculums, »ein Ei«, wie später die rohen Leute spotteten, übrigblieb. Vielleicht hat aber auch ein Schneeball oder ein Stein seine Wirkung getan und die Burschen haben ein Wettschießen veranstaltet. Manches spricht dafür, denn unser Priap hat ja nicht nur am Gemächt und seiner Hegedrüse Schaden genommen, sondern auch Gesichts- und Beinverletzungen davongetragen. Ein gefundenes Fressen für jede Art Boshaftigkeit und die allenthalben grassierende Spottsucht. So jedenfalls hast Du, lieber Wernher, uns letztendlich mit Deiner Treue zur Tradition, die auf den Gartenzwerg nicht verzichten zu können glaubte, zuerst ins Gerede gebracht und schließlich zum Gespött der Menschen gemacht. Du hast uns an den Pranger gestellt. Über uns wurde mehr gelacht als über die Bäcker beim Bäckerschupfen in Simbach. Meine Reisen und Visitationsfahrten wurden zu wahren Spießrutenläufen. Was habe ich mir als der Prälat von Ranshofen in der Folgezeit anhören müssen und mitgemacht, von Vorwürfen über Anzüglichkeiten und Andeutungen bis hin zu offenem und beißendem Spott, zu Ironie, Sarkasmus und Häme. Hätte ich alle Sätze und Sprüche aufgeschrieben und protokolliert, die ich in diesem Zusammenhang mir anhören mußte, so hätte das eine voluminöse Beispielsammlung und ein dickes Kompendium zur Rhetorik des Unernstes ergeben, das alle Spielarten des spielerischen Witzes, aber auch des invektiven Anwurfs enthalten hätte. Und jeder wußte, was es zu bedeuten hatte, wenn einer sagte: In Ranshofen wächst nichts mehr. Den Ranshofenern ist der Samenspender abhanden gekommen. Hahaha! Und wie gerade Du, Wernher, weißt, ist die Fama sogar bis Tulln und zu den Ohren des famosen Neidhart von Reuenthal gedrungen, der sein mittlerweile vielgesungenes Spottlied ›Seht, liute, seht nu her, Priapus ist gemechtes laer‹ »beigesteuert« hat. Eigentlich ist dieses Winterlied Neidharts ja ein Spottlied auf Dich, Wernher. Es hat also gar nichts genützt, daß Du in Deiner ›Helmbrecht‹-Dichtung im Vers 217 Deinen Kollegen Neidhart gerühmt und gesagt hast, er könnte den jungen Helmbrecht in seiner von der Mutter und einer entsprungenen Nonne angefertigten Kleidung und in seiner unglaublichen Haube besser als Du beschreiben. Du, Wernher, hast Dich vor ihm verneigt, und während Du Dich vor ihm verneigt hast, hat er Dir einen Eseltritt verabreicht! Nun ist er ja auch schon einige Zeit tot, Gott hab ihn selig, den alten Spötter. Jetzt wird er wohl wissen, daß es besser gewesen wäre, die Erdenzeit zum Gebet und zu Arbeit zu nützen, anstatt liederliche Lieder von der niederen Minne zu singen.

Müßte Dir, lieber Wernher, um von Priapos loszukommen und das Thema zu wechseln, nicht sehr bedenklich sein, daß in Böhmen, wo sich Dein Werk ebenfalls bekannt gemacht hat, das Wort *helmbrecht* soviel wie »Buhler« und auch »Wüstling« bedeutet und das Eigenschaftswort *helmbrechtny* soviel wie »gefallsüchtig«. Ja, Helmbrecht ist helmbrechtny, aber helmbrechtny, lieber Wernher, gefallsüchtig, sind vor allem die Dichter, und auch der Dichter des ›Helmbrecht‹ ist helmbrechtny, auch Du, Wernher, bist helmbrechtny.

Als Dichter bist Du helmbrechtny, als Gärtner hast Du ja leider keinen Stolz, als Gärtner warst und bist Du leider Gottes nicht helmbrechtny, auf diesem Gebiet hast Du keinen Gefallen gefunden und keinen Ehrgeiz und keine Ambition gezeigt. Als Gärtner warst Du sicher kein Visionär und hast, von der Bepflanzung des Friedhofes mit Obstbäumen einmal abgesehen, keine besonderen Ideen und Einfälle gehabt. Und eine Rosa Ranshofensis bist Du mir und der Welt schuldig geblieben. Wenn Du Dich im letzten Vers Deiner Dichtung Wernher der Gärtner nennst und um das Gebet Deiner Leser bittest, so will ich dem insofern genügen, als ich Dich ins Gebet nehme, Wernher, ich, Konrad von Burghausen, Dein Propst. Ich bin übrigens sogar froh und dankbar, daß Du Dich »Wernher der Gärtner« und nicht »Wernher von Ranshofen« nennst und so unsere geliebte Abtei aus dem literarischen Spiel läßt. Und noch froher und dankbarer macht es mich und erheitert es mich, daß ich höre, daß einige Deiner Leser Dich überhaupt nicht mit Ranshofen in Verbindung bringen, sondern glauben, das Wort Gärtner beziehe sich auf das Gebiet Garten nördlich von Bern in Welschtirol, das die Walischen Garda und Verona nennen. Ihnen, diesen Lesern bist Du also ein Gardenser und kein Gärtner. Weiß Gott, auf welche Ideen die Menschen noch kommen werden.

Es ist, lieber Wernher, ja leider nicht nur das Schreiben allein, das Dich die letzten Jahre von der Gartenarbeit abgehalten hat, sondern neuerdings noch viel mehr das Reisen zu Deinen sogenannten »Dichter-Lesungen«. Dieses merkwürdige, keinem Geistlichen, auch keinem niederen Geistlichen anständige Vazieren und Flanieren nach Spielmannsart von einer Burg zur anderen, das ja oft und in den meisten Fällen nichts weiter als ein Betteln und Fechten, was im Bairischen dasselbe ist, darstellt, hat Dich Deinem eigentlichen Beruf und Deiner geistlichen Berufung ganz entfremdet. Über dieses Herumziehen und die herumziehenden Mönche, die sogenannten Gyrovagen, hat nicht umsonst schon der heilige Benedikt in seiner Regel hergezogen. Die scheußlichste Art von Mönchen, determinum genus, heißt es im Lateinischen, seien die Gyrovagen, wie die schrecklichsten Menschen die Unsteten sind, die Rastlosen und Unruhigen. Denn die Unruhigen sind bekanntlich auch die Unruhestifter. Und die Rastlosen sind zugleich auch die Ratlosen, Un- und schlecht Beratene!

Wozu, lieber Wernher, sind Deine sogenannten Lesereisen gut, außer vielleicht durch ein bißchen Applaus von den Zuhörern das Selbstwertgefühl bestärkt zu bekommen. Wer aber, Wernher, hört Dir schon zu. Hast Du nicht selbst einmal gesagt, daß sich auf der Schaunburg bei Eferding, die Du natürlich auch nicht auslassen durftest, kein Mitglied der großen Jörger Grafenfamilie interessiert und eingefunden hat und daß es ein paar mehr aus Mitleid im Palas erschienene Mägde aus der Küche gewesen seien, die Dir zugehört haben, und ein paar Krüppel aus dem Siechenhaus unter der Burg. Lohnt sich die Mühe so großer Strapazen auf den ungesicherten und ungebahnten Wegen vom Inn über den unwirtlichen und schroffen Hausruck hinaus ins Eferdinger Becken, um dort drei Dirnen, einem Hundeführer und fünf Gichtbrüchigen und Bresthaften von dem stolzen Bauernsohn Helmbrecht vorzutragen?! Ich meine Lohnen gar nicht im vordergründigen, sondern im hintergründigen Sinn, nicht im Sensus directus, wie wir Theologen sagen würden, sondern im Sensus tropologicus, also im übertragenen Sinn. Lohnen würde es sich, wenn der Herr Graf sich Deine Predigt von den edlen und den unedlen Adeligen anhören und beherzigen würde, daß zum Geburtsadel der Seelenadel hinzutreten muß, wenn von Ehre gesprochen werden soll. Ja, Wernher, wenn es Dir gelänge, die Lage der hörigen und unfreien Bauern zu verbessern, oder wenn es Dir wenigstens gelänge, die Verhältnisse der vielen geknechteten Hintersassen von habgierigen Herrn und Ministerialen, denen der Zehent nicht genügt, sondern die ihre Bauern oft um die Halbscheid der Ernte und der Fechsung bringen, zu erleichtern und zu verbessern, dann würde sich die Reiserei zu den Lesereien »lohnen«. Du aber liest um einen Bettel, um eine warme Suppe und um Gottes Lohn und verändern kannst Du nichts. Es ehrt Dich, Wernher, wenn gesagt wird, Dein ›Meier Helmbrecht‹ atme den neuen franziskanischen Geist, weil hier die Arbeit der Bauern aufgewertet und nicht mehr als die Sünde und Schande, als eine Frucht der Ursünde, der Erbsünde von unseren Stammeltern her, hingestellt oder überhaupt wie so oft lächerlich und verächtlich gemacht wird. Der Bauer, sagst Du in Vers 545 folgende, wenn ich es recht in Erinnerung habe, besorgt die Nahrung und ist so ein Handlanger des Schöpfers selbst. Alle, schreibst Du dort, haben den Nutzen von des Bauern Arbeit, der Arme und der

Reiche, ja der Wolf und der Aar und überhaupt alle Kreatur. Das ist gut gesagt und wie wahr! Aber hört man Dich in den Burgen und Schlössern, den Pfalzen und Residenzen? Man hört Dir nicht zu. Nach Dir kräht kein Hahn, nur Hunde bellen Dich an! Nach Dir aber kommt ein Spielmann oder gleich ein ganzer Peloton von Gauklern und Possenreißern und die spielen vor vollem Haus, im brechend vollen Palas vor Hoch und Niedrig, vor allen Bürgern der Burg einen Schwank, eine Posse oder ein Fastnachtsspiel, in dem verfressene, lüsterne, faule und geile Bauern im Heuboden oder im Stall ihre Mägde anfallen oder ihre Hausfrauen verdreschen oder in denen tölpelhafte schwerfällige Bauern und Dörper von ihren bösen und zänkischen Hausfrauen hinters Licht geführt werden, weil, kaum daß der Bauer beim Tor hinaus und aufs Feld gegangen ist, der Pfaffe wie eine Schlange ins Haus schleicht und mit der Bäurin ins Bett schlüpft. So bekommen in diesen Stücken also nicht nur der arator, der Landmann, sondern auch der Orator, der Clericus, sein Fett ab und die Zuhörer lachen aus vollem Hals, das heißt aus dem Kropf heraus …

Sag selbst, Wernher, zahlt es sich aus, daß Du Dich da mit einem Vortrag aus Deinem gutgemeinten, vielleicht sogar guten Werklein müde machst und mit Deinem Märe über Land ziehst, die Gefahren der Landstraße, das Risiko von Räubern und Wegelagerern nicht achtest, um irgendwo in einem stumpfsinnigen Loch Deine Perlen vor die Säue zu werfen? Es lohnt sich nicht, und Du wärest wahrlich besser daheim geblieben, in Ranshofen hast Du im Stift eine bessere Kost als dort draußen. Und vor allem hättest Du in Ranshofen Arbeit über Arbeit. Der Garten schreit nach seinem Gärtner. Du bist nicht der Gärtner Ranshofens, sondern der verlorene Sohn, Wernher, Du bist Ranshofens Helmbrecht, Ranshofens verlorener Sohn!

In mir hattest Du trotz allem einen Fürsprecher. Im Konvent aber, das ist Dir sicher nicht verborgen geblieben, hattest Du von Anfang an vor allem Feinde oder Gegner. Und durch mein Verständnis für Dich und Deine besondere Situation bekam auch ich alsbald in der Gemeinschaft Gegner und Kritiker meiner Amtsführung. Warum ruft Abt Konrad den Bruder Gärtner nicht zur Ordnung und in den Garten! Ist sich Wernher zu gut und zu schade für die Gartenarbeit? Ist er sich für die Gartenarbeit zu gut, so wie sich sein Helmbrecht für die Bauernarbeit zu gut ist? Und sie zitieren Dein Buch, wo es heißt, daß Helmbrecht zu seinem Vater sagt: Niemals wieder sollen Deine Säcke meine Schultern reiben und niederdrücken. Für Dich aber gelte: Niemals wieder soll meine Hand Schwielen von der Harke oder der Haue oder dem Heindlein bekommen. Dein Händlein sei nicht für das Heindlein, spotten sie über Dich. Jedenfalls jene, die wie Du und ich über das Bauerntum und die Bauernarbeit Bescheid wissen und ein »Heindl«, eigentlich ja ein »Häul«, eine kleine Haue, jenes dreieckige Eisen an einem langen Stil, mit dem die Bauern auf dem Acker hantieren und vor allem Knollen zerschlagen, überhaupt kennen. Aber ist nicht gerade diese Arbeit in den Gärten der Auftrag, den er übernommen und die ihm von Gott aufgetragene und in der Profeß angenommene Verpflichtung. Dies ist die Profession der Profeß, sagen sie. Literatur aber ist Sünde, sagen die Herren, die fast ausnahmslos Gegner der Literatur sind, der sogenannten Poesie nämlich. Bücher seien nur gut zum Verbrennen, jedenfalls die Unterhaltungsbücher! Die größten Feinde der Literatur trifft man übrigens nicht unter unseren Analphabeten, also im Kreise der Brüder, sondern unter den alphabeten Herren, den Priestermönchen. Diejenigen, die lesen können, verachten das Lesen! Literatur ist Eitelkeit. Der Buchstabe tötet, berufen sie die Bibel. Literatur: Vanitas vanitatum vanitas! O Eitelkeit der Eitelkeiten. Nicht Literatur zu machen, sei gut, vielmehr sei es gottgefällig, darauf zu verzichten.

Wie oft, Wernher, habe ich mir Passagen aus Deinem Werk anhören müssen, die Deine Mitbrüder, Brüder und Herren, aus Deinem Werk im Gegensinn und gegen Dich gerichtet und gewendet, zitiert und berufen haben. Du schreibst etwa in Deinem ›Helmbrecht‹, daß eine lebenslustige Nonne die Haube Helmbrechts gestickt habe. »Die war, verführt von ihrer Schönheit« – »höfischheit«, schreibst Du –, »aus ihrer Zelle entsprungen.« Und »ihr Leib hat sie in die Irre geführt«. Das aber beschreibe genau auch Deine Situation, denn Du seiest wenigstens in Gedanken längst ganz woanders als in Ranshofen. Und auch wenn Du physisch hier anwesend bist, bist Du in Gedanken doch ganz woanders. Und was für die Nonne in Deinem ›Helmbrecht‹ die Haube ist, ist für Dich das Buch über den Helmbrecht. Und wieder sind es vor allem die Verse 266 folgende, die ganz besonders nicht nur für Deinen »Helden« Helmbrecht, sondern buchstäblich und wortwörtlich für Dich selbst gelten und die Du wie als Spott auf Deine eigentliche Aufgabe in Ranshofen geschrieben habest: »Ich sol ouch dir uf dinen wagen nimmer mist gevassen«, »Niemals mehr werde ich auf deinen Karren Mist aufladen!« Das sagt, sagen sie, ja nicht der Sohn Helmbrecht zu seinem Vater, dem Meier Helmbrecht, sondern der Gärtner Wernher zu seinem Prälaten Konrad von Burghausen. So müsse man diese Stelle lesen. Ein besonders drastisch formulierender Herr, Du weißt, um wen es sich handelt, sagte einmal zu mir: Hochwürdiger Herr Propst, der Wernher scheißt auf deinen Mist, der Gärtner scheißt dir etwas.

Und dann die Sache mit der Kost. Deine Widersacher sagen, daß in Deinem Buch, wo sehr viel von der Bauernkost die Rede ist, die der junge Helmbrecht verschmäht und verachtet, eigentlich die Kost in unserem geliebten Kloster Ranshofen denunziert wird. Nicht Helmbrecht beschwert sich über die Speisen, die die Mutter herstellt, sondern der Bruder Wernher beklagt sich über die Gerichte, die Bruder Ingolf, unser Küchenmeister, auf den Tisch bringt. Geh in Dich, Wernher, und erwäge, ob nicht wirklich die Grütze oder wie Du schreibst die »giselitze«, die Helmbrecht seinem Vater zusinnt, während er sich lieber an das gesottene Huhn hält, ein versteckter Anwurf und Vorwurf an den aus dem Norden kommenden Frater Ingolf ist, der ja die Grütze in Ranshofen erst eingeführt und populär gemacht hat und dabei, was ihre Häufigkeit auf dem Speisenplan betrifft, ein wenig übertrieben haben mag. Ich gebe gerne zu, daß auch mir die Giselitze Ingolfs schon manchmal zuviel wurde und daß sie durchaus nicht meine Lieblingsspeise und mein Leib- und Magengericht ist, aber so schlecht ist sie nicht, daß man so schlecht über sie sprechen oder schreiben müßte: Friß du, Vater, nur Grütze, ich esse gesottenes Huhn! Du schreibst ja gerade so, als handele es sich bei der Giselitze um ein Schweinefutter oder einen Hundefraß. Ingolf bezieht die Verse 471 folgende auch deswegen auf sich, weil Du eben dieses Worte »Giselitze« verwendest, das er als Nordländer wie die Speise nach Innbaiern importiert hat. Er sagt, Du habest mit diesem Wort nicht nur seine Speise, sondern auch seine Sprache verspottet. Hättest Du dies nicht im Sinn gehabt und im Schilde geführt, dann hättest Du ja wohl das nahe verwandte bairische und österreichische »Grießkoch« erwähnt. Kurz vor jenen Versen, die Ingolf so ärgern und kränken, hast Du ja leider beschrieben, woraus die Giselitze besteht, nämlich aus Roggen und Hafer, die der Vater dem Sohn statt der Fische verspricht. Das aber entspreche ganz der norddeutschen, nicht der bairischen Rezeptur und Ingredienz der Grütze. Daß das Wort »Grieß« mit dem Wort »Grütze« verwandt sei und aus derselben Wurzel stamme, wie auch das Wort »groß« und »grob«, und so beide Wörter auf Grobschrot hinweisen, sei kein Gegenbeweis, sondern eigentlich ein Beweis für die böse Absicht, Deine Grobheit, die Ingolf hinter dieser Stelle entdeckt. Als Ingolf das Wort Grütze, also Giselitze, las, hätten bei ihm alle Alarmglocken geläutet und er sei von der in diesem Passus verpackten Kritik tief getroffen gewesen. Nicht ohne Recht nämlich sagt Frater Ingolf, an dessen Lebensführung als Bruder ich als Prälat nie Ursache und Grund hatte, etwas auszusetzen, dürfe ein mönchischer Mensch eine so einfache, wenn auch grobe Speise wie den Getreideschleim, eine so »gottgefällige« Speise, wie er sagt, die auch ganz der strengen »Salzburger Observanz« entspricht, auf die ich, Prälat Konrad, das Stift Ranshofen verpflichtet habe, derart herabsetzen und erniedrigen! Dich, Wernher, meint Ingolf, gelüste es offenbar wie den Helmbrecht nach Fisch und Brathenne und das nicht nur zur Weihnachts- und Osterzeit, sondern auch in der Fastenzeit. Und womöglich gebratene Gänse, wie Du sie im Vers 456 erwähnst. Du hättest offenbar täglich gerne Fleisch. Nicht nur Dienstag und Donnerstag, Fleisch auch zwischen September und der Oktav nach Pfingsten, was wieder ganz dem strengen Fasten der Salzburger Observanz widerspricht. Der »gute Brei« wieder, von dem Du im Vers 454 folgend schreibst und den der Vater, von der Mutter »durch die Wochen« gekocht und bereitet, dem Sohn »nahe legt«, sei nach der Meinung und dem Verdacht Ingolfs wieder eine Maliziosität gegen seinen Speiseplan, der nun einmal vom Breiigen dominiert sei. Ingolf aber fragt Dich und läßt Dich durch mich fragen, weil er mit Dir nicht mehr sprechen will, ob Brei nicht nur gesund, sondern auch angesichts des Alters der Mönche, vieler alter Herren und Greise über die Vierzig, ja auch uralte Sechzigjährige und hinfällige Senioren haben wir unter den Konventualen, nicht das Angebrachte und Zuträgliche sei. Kein alter Mensch über die dreißig Lebensjahre hinaus kann noch eigene Zähne vorweisen, ja selbst Novizen haben oft nur noch wenige Zähne im Mund. Soll er denen, fragt Ingolf, etwa halbgegartes oder schier rohes Fleisch zu zerfleischen geben und Fleisch, wie es Kaiser Friedrich, der von unserer Kirche gebannte Friedrich, der Tiernarr, seinen Raubtieren und Greifvögeln, mit denen er durch die Lombardei von Stadt zu Stadt zieht, zum Fraße vorwirft, vorsetzen? Es sei nur christlich, auf den Zahnstand der Konventsmitglieder einzugehen und ihm nichts Übermäßiges zuzumuten, sondern das Angemessene und Zuträgliche.

Lieber Wernher, wir sind hier in Innbaiern und nicht in Österreich. Darum hättest Du Dir auch das Loblied auf die Pofesen, die österreichische Lieblingsspeise im Vers 445, die österreichische »Klammer«, wie Du schreibst, ersparen können, die der Vater Helmbrecht seinem Sohn anpreist und verspricht. Ich weiß ja, daß die Herrn und Brüder aus Österreich, etwa aus dem Hausruckviertel, immer wieder monieren, daß ihnen Bruder Ingolf ihren guten Leberbunkel und die Klemmschnitten, die ihnen in ihrer Jugend in ihren Elternhäusern von der Mutter immer bereitet wurden, vorenthält. Jetzt hast also auch Du Dich zu ihrem »Fürsprecher« gemacht und gegen Ingolfs Kost gesprochen. Jeder, schreibst Du, der Dumme und der Weise, halten die österreichische Klammer für eine Herrenspeise. Es ist nicht zu überhören, Wernher, daß Du hier mit Herren nicht nur die Adeligen an sich, sondern auch die Herren im Augustinerorden, die Chorherren eben, meinst. Auch mit diesem Vorwurf an unseren Küchenmeister tust Du dem guten Ingolf unrecht. Vielmehr ist er im Recht, wenn er sagt, daß einige seiner

Speisen den Pofesen ganz ähnlich seien. Vor allem verweist er darauf, daß jenes Gericht, das er in der Ausdrucksweise seiner Heimat und Herkunft den »Armen Ritter« nennt und den er uns wiederholt vorsetzt, so ziemlich genau den Pofesen, den in heißem Fett herausgebratenen Brotschnitten gleiche, nur bei der »Schmer« in der Klammer, dem Aufstrich zwischen den Klemmschnitten, habe er ein etwas anderes Rezept, statt Leber nämlich Zwetschkenmus oder »Dörrpflaumen«, wie Ingolf sagt. Auch mir selbst kommen Ingolfs »Arme Ritter« nicht viel anders vor als die Pofesen, die unter der Oberaufsicht meiner Mutter von unserer Köchin in Burghausen zubereitet wurden. Und Pofesen mit Zwetschkenröster gibt es auch in Österreich. Sicher hast auch Du, Wernher, die Kinder in Deiner Heimat schon singen gehört oder hast das Lied selbst gesungen: »Zwetschkenpofesen, wo bist so lang gewesen. Im Himmel sechs Wochen, die Engeln tun singen, Maria tut kochen ...« O Wernher, so ist es ja nicht, daß man den »Armen Ritter« eine Bettlerspeise und die Pofesen, die »osterriche clamirre« des Verses 445 eine himmlische Götterspeise nennen darf.

Vor allem aber, mein lieber Wernher, legt Deine Darstellung nahe, daß es Unterschiede in der Verköstigung nicht nur zwischen den Edlen und den Bauern draußen in der Welt, sondern auch im Stift, in Ranshofen, zwischen den Laienbrüdern und den Herren gebe, aber nicht geben dürfe, als würden die Herren Wein und die Brüder Wasser trinken, die Herren gesottenes Huhn und die Brüder Grütze, die Herren Pofesen und die Brüder den »Armen Ritter« essen. Wenn die Herren aus dem Adelsstand, denn aus diesem kommen sie in der Mehrzahl, Wein und die Brüder aus dem Bauernstand, denn da her kommen sie ohne Ausnahme, Bier, noch dazu das bessere Bier und nicht das sogenannte biedere oder grobe Bier bekommen, ist das für die Brüder wohl noch kein Grund zur Aufregung und zum Neidigsein! Ja, Wernher, wir sitzen getrennt, die Herren an ihren Tischen und die Brüder, wenn sie ihren Dienst des Servierens getan haben, an ihren eigenen Tischen, aber so ist es nicht, daß die Herren an Tafeln tafeln und Hühner und Kapaune speisen und die Brüder an Katzentischen Brei löffeln und »Arme Ritter« verdrücken oder nur Eichkätzchen vorgesetzt bekommen. Ein häßlicher Futterneid spricht aus Deiner Dichtung. Du kannst es offenbar nicht ertragen, daß an den Tischen der Herren manchmal Semmeln aus hellerem Weizenmehl und an den Tischen der Brüder Schwarzbrot aus Roggenmehl gegessen wird. Hast Du, »Bruder« Wernher und nicht »Herr« Wernher, ganz auf den heiligen Paulus vergessen: Der Herr sei ein guter Herr, der Knecht sei ein guter Knecht. Natürlich, Wernher, sagt Paulus nicht, ein Herr solle gut essen und der Knecht soll schlecht essen, er sagt vielmehr, sie sollen beide gut *sein*. Aber er sagt auch und fragt voll Vorwurf: Ist Dein Auge neidisch? Ja, Wernher, die Geburt macht es nicht, und Du hast recht, wenn Du in den Versen 487 folgende den Vater Helmbrecht sagen läßt, daß den Menschen ein rechtschaffener Mensch aus niederer Abkunft lieber ist und mehr behagt als ein aristokratischer Tunichtgut und habe er königliche oder fürstliche Vorfahren, der ehr- und zuchtlos handelt, aber der fundamentale Unterschied zwischen den geweihten Mitgliedern unseres Ordens und den ungeweihten, also zwischen Priestern und Laienbrüdern, wird Dir wohl vertraut sein. Es gibt höhere und niedere Weihen, und wir unterscheiden sicher nicht ohne Grund unter den Konventsmitgliedern zwischen den sogenannten Habilitierten und den Nichthabilitierten, also jenen, die die Venia celebrandi haben, das heißt Messe lesen dürfen, und jenen, die diese Venia nicht haben und Ministranten sind. Das heißt nicht, daß die letzteren ganz ohne eine Missio canonica seien, sie erfüllen wertvolle niedere Dienste, eben etwa jene des Akolythen in der Kirche oder im Weltlichen eben jenen des Cibarius, des Küchenmeisters, oder des Hortuarius oder Hortulanus, des Gärtners eben. Und dieser Unterschied darf gern auch bei der Sitzordnung im Refektorium eine Berücksichtigung finden. Ist es nicht sinnvoll, daß jene, die einen bestimmten Dienst versehen, auch nachbarlich sitzen, damit sie, wenn der Prior das Silentium beendet und Redeerlaubnis gegeben hat, auch über ihre ähnlichen Aufgaben und Sorgen und Nöte und Freuden sprechen und sich austauschen können. Und sollte es auch bei den aufgetischten Speisen einmal einen Unterschied geben, so kann auch das einen guten sachlichen und plausiblen Grund haben. Denn sollen sich jene, die körperlich arbeiten, nicht anders ernähren als jene, die geistig arbeiten oder »nur« beten? Gerade die Salzburger Observanz sieht ja vor, daß die Konventualen entsprechend ihrer Arbeitsbelastung alimentiert und verköstigt werden! Nicht der Unterschied zwischen gutem und schlechtem Essen soll hier begründet und gerechtfertigt werden, sondern jener zwischen deftiger Bauern- und feiner Herrenkost, zwischen kräftigen und edlen Speisen. Schließlich ist es doch auch so, daß die Bauern manches von dem, was die Herrschaft ißt, abscheulich und ungenießbar finden. Auch mich Edlen hat schon mancher Kollege im Amt und adelsbürtige Abt oder Bischof diesbezüglich überfordert. Er hat gemeint, er würde mir eine Freude machen, hat mich aber in Verlegenheit gebracht. Meine Stellung und mein Amt haben nichts daran geändert, daß mir ein bairischer Surbraten immer noch lieber ist als gebakkene Eichkätzchen, Froschschenkel oder Fischeier. Ich halte mich an Hühnereier, nicht an Fischeier.

Könnte es sein, Wernher, daß deshalb so viel Kritik an Ingolfs Küche in Deiner ›Helmbrecht‹-Dichtung anklingt, weil Ingolf Dich wie einen körperlich schwer arbeitenden Menschen, einen Gärtner eben, verköstigt, während Du geschrieben hast und schreibst oder ›Tristan und Isolde‹ liest, statt zu arbeiten? Deine Feinde unter den Herren und Brüdern sagen ja, der Bruder Wernher müßte an einem eigenen Tisch, dem Faulenzertisch sitzen. Das sei sein angestammter Platz, und über diesem Stammtisch müßte ein Schriftband aufgemalt sein mit dem Spruch des heiligen Paulus: »Wer nicht arbeitet, soll auch nicht essen …« Gemach, liebe Herren, habe ich einmal zu Deinen Gunsten zum Konvent gesagt. Bruder Wernher vernachlässigt die ihm aufgegebene Arbeit, aber er schreibt immerhin. Ist das nicht auch eine Art Arbeit, fragte ich in die Runde. Das Gelächter, das sozusagen homerische Gelächter, das sich darauf erhob, dröhnt mir heute noch in den Ohren. Dichten soll eine Arbeit sein!, schütteten sie sich aus vor Lachen!

Nicht nur Du, Wernher, bist mit Ingolf unzufrieden, Ingolf ist es vor allem mit Dir. Der Gärtner, sagt er, und hierin stimme ich ihm vollständig zu, müßte dem Koch zuarbeiten, er müßte ihn mit Gemüse und Gewürzen beliefern, für Märendichtungen habe er keinen Bedarf, sagt er. Ein Gedicht, sagt Ingolf, kann ich nicht in die Pfanne hauen, auch kein Gedicht über die Eier, die in seinem ›Helmbrecht‹ eine Rolle spielen. Ingolf spielt auf jene Stelle an, wo Du in den Versen 125 folgende schreibst, daß Helmbrechts Schwester Gotelind der Nonne für die Arbeit an der wunderbaren Haube für den Bruder Käse und Eier schenkt. Die Eier, sagt Ingolf, bekommt er aus unserem Meierhof, aber Schnittlauch, Zeller, aber auch Kümmel, Fenchel, Anis, Knoblauch, Ronen erwarte er sich vom Gärtner. Ingolf sagt, er verlange ja nichts Unmögliches. Erdäpfel, wie sie in Amerika, oder Pfeffer, wie er in Indien wächst, könne man um die Mitte unseres 13. Jahrhunderts nicht erwarten und verlangen. Kraut und

Rüben aber doch. Amerika muß erst entdeckt werden, sagt Ingolf, was immer er mit dieser kryptischen Bemerkung meint. Nur mit dem Obst aus dem Friedhofsgarten kann man zufrieden sein, sagt Ingolf, das Fehlen aber von Gewürzen aus dem Hortulus sei ein Skandalum. Aus Brennesseln läßt sich kein Salat machen, und Unkraut ist kein Kraut. Es ist vielleicht nicht gerade ein Skandal, Wernher, aber doch ein Schade, daß Ingolf sich seine Aromaten und Gewürze und Kräuter in Suben oder Reichersberg oder Mattsee bei Deinen dortigen Kollegen Gärtnern besorgen muß. Wäre er auf die eigene, Deine Ranshofener Fechsung angewiesen, wären unsere Speisen ohne jeden Geschmack.

Oh, wie duftet es in Suben! Es ist ein Vorgeschmack des Himmels, in Subens Klostergarten zwischen den Beeten zu stehen, die Augen zu schließen und die wunderbaren Gerüche und Düfte von Salbei, Liebstöckel, Kamille, Holunder, Thymian und Dill, Löwenmäulchen und Malve einzuatmen und durch die Nase einzuziehen und aufzunehmen, ein Vorgeschmack des Himmels und eine intensive Erinnerung und Vergegenwärtigung des verlorenen Paradieses. Solches Schmecken und Riechen versöhnt und entschädigt für alles Leid und allen Kummer, der uns Menschen durch den Sündenfall unserer Stammeltern Adam und Eva erwachsen und entstanden ist. Wer etwa ein Blättchen des Liebstöckels, den die Bauern nicht ohne Grund auch Lustock nennen, zwischen Daumen und Zeigefinger reibt und das zerriebene Blatt an seine Nase hält, kann einen Blick zurück ins Paradies tun, wenn er die Augen schließt. Solche Gerüche öffnen das innere Auge des Menschen. Womit wäre das Glück dieser Erfahrung, die wir dem Geruchs- oder Geschmackssinn verdanken, zu vergleichen. Vor allem, Wernher, welchem Schreiber gelänge es, dieses Aroma zu beschreiben? Wo ist der Schriftsteller, der den Unterschied zwischen jenem Geruch, den die Rose verströmt, und jenem, den die Lilie aushaucht, darzustellen und zu beschreiben vermöchte! Es ist eine dürre, eine grobe und unsinnliche Kunst die sogenannte Kunst des Schreibens. Ein ähnliches Glück, wie es die Gewürze und die Kräuter für den Menschen sind, kann höchstens die Musik gewähren. Der Gregorianische Choral mag sich mit dem Baldrian messen, die Ambrosianischen Hymnen mögen sich mit Thymian oder Dill vergleichen. Was die Musik für die Ohren, das ist die Vegetation für die Nase, den Mund und den Magen des Menschen. Wie unglücklich und wie dumm, o Wernher, sind Menschen, die sich diese unschuldigen Freuden, die alle anderen sogenannten Freuden und Lüste und Lüsternheiten weit übertreffen und in den Schatten stellen, entgehen lassen und ohne Sinn für die Welt, die Welt der Düfte, ohne Geschmackssinn durch die Welt laufen. Ein solcher Mensch ist dümmer als ein Hund und ärmer als ein Köter. Unsere Sprache kennt das Wort »schnuppern«, es bedeutet »riechend gustieren« und es ist eine Wohltat oder eine Spur zur Wohltat, auch die Abwehr von Gestank. Was aber ist von einem Menschen zu halten, dem dieses Schnuppern oder bairisch gesprochen »Schnupfen« schnuppe, das heißt gleichgültig und wertlos wie die »Schnuppe«, der Rest des verklommenen Dochtes der Kerze, ist! Im Glauben unseres Volkes ist das Wissen um das Heilsame, das die Pflanzen gewähren, und die heilenden Düfte, auch die Abwehrkraft von Kräutern gegen das Böse und den Bösen, also den Teufel, tief verankert. Und wenn wir auch manchen Auswuchs und manchen Aberglauben erleben, manchen faulen Zauber, manchen faulen Abwehrzauber, sollten wir doch um den wahren Kern jener Volksweisheiten im Volksglauben unbesorgt sein und die Intuition der einfachen Menschen achten und beachten. So hat man, wie Du sicher auch aus Deiner Heimat weißt, Wernher, das Liebstöckl nicht nur »Gartenherr« und »Herrenstock«, sondern auch »Hoalander Heiland«, also »heilender Heiland« genannt, und auch für fähig und geeignet gehalten, Unwetter und Hexerei abzuwenden und fernzuhalten, auch Schlangen- und Hundebisse zu verhindern. Vielleicht hat man dem Levisticum officinale, wie die gescheiten, lateinisch gebildeten Leute das Liebstöckl nennen, ein wenig viel zugetraut und zugemutet, aber gänzlich aus der Luft gegriffen oder »übertrieben«, um ein Pflanzenwort zu verwenden, ist jene Vorstellung nicht. Die Menschen tun sich gegenseitig viel Böses an, sie treiben, nicht nur am 1. April und im Fasching, Possen und Spaß miteinander, sie »pflanzen« sich, wie es in unserem Baiern heißt, sie »pflaumen« sich an, wie sie in Ingolfs rheinischer Heimat sagen, die Pflanzen aber »pflanzen« die Menschen nicht, die Pflaumen »pflaumen« niemanden an. Und es ist gut und steht dem Menschen gut an, wenn er sich aus Ehrfurcht vor einem Zwetschkenbaum ausnahmsweise einmal »bezwetschkigt«, so wie wir uns vor einem Kreuz bekreuzigen! Es ist dies ein Zeichen des Einverständnisses und des Respekts und der Liebe und Sympathie für die Natur, insbesondere die Bäume. So wie, mein lieber Buchgelehrter und Bücherschreiber Wernher, das beste an den Büchern ihre etymologische Verwandtschaft mit der Buche ist. Wie viele Menschen nennen sich heute stolz Eibl, andere nennen sich Fichte, Pirker oder Lindner, Pühringer, Danner oder Buchinger oder überhaupt Baum oder Bäumler und verdienen den Namen eigentlich nicht. Theologisch gesehen, lieber Wernher, verhält es sich für uns Christen freilich so, daß wir die Natur nicht anbeten und die Welt selbst für Gott halten, wir sind Theisten und keine Pantheisten, wie Du sicher noch aus dem kleinen Einführungskurs für Fratres durch unseren Novizenmeister Isfried weißt, für uns ist die Welt nicht Gott und Gott, sit venia verbo, die

Welt. »Gott in Welt« lautet die theologische Weltformel, die wir dem großen Kirchenvater Karl Rainer verdanken und auf die sich das Konzil von Udine festgelegt hat.

Wo, o Wernher, aber blüht und gedeiht in Deinem Garten das Liebstöckl, ich sehe es nicht und kann es nicht sehen! Wo bleibt die Vogelbeere! Welch herrlichen Schnaps könnten wir aus beidem, Lustock und Vogelbeer, destillieren, eine wahre Medizin für Leib und Seele! Du aber hast uns nicht nur keine Rosa Ranshofensis, sondern auch keinen Schnaps und keinen Liqueur, keinen besonderen ortsspezifischen Branntwein geschenkt. Ohne Geist stehen wir sozusagen da in Ranshofen. Andere Klöster lachen über uns, Engelhartszell lacht uns aus. Und ich habe einmal auf entsprechende spöttelnde Bemerkungen meines Engelhartszeller Kollegen im Amte gesagt: Ja, Du hast leicht lachen, Du kannst gut spotten. Am Orden, lieber Wernher, kann es nicht liegen. Du weißt wie ich, daß in Engelhartszell die Karthäuser, ein strenger asketischer Reformorden, siedelt, dem doch eigentlich ein Schnaps gar nicht gut ansteht. Die Trappisten sind Schnappsisten, spotten die Leute gern über die Engelhartszeller. Wir Chorherren stehen im Ruf und oft auch im Ruch, ein wenig verweltlicht und verweichlicht zu sein, wie man uns ja auch das »Herren« in »Chorherren« üblicherweise übel nimmt. Dominus Jesus, halten sie uns gern entgegen, Christus ist der Herr, und der Theologe Germano Romadini hat im vorigen Jahrhundert sogar eine große Monographie ›Der Herr‹ geschrieben, Herren aber, wenden sie gegen uns ein, können nicht Christi Jünger sein. Ja Christus selbst nennt sich Knecht, und es gibt selbstkritische Geistliche und Priester, die sich »unnütze Knechte« nennen. Wenn es denn, lieber Wernher, so wäre, wie man uns vorhält, daß wir Chorherren zu herrschaftlich und zu selbstherrlich leben, dann könnten wir ja gewissermaßen wohl auch ein geistiges Getränk destillieren und unter die Leute bringen und so Geschäfte machen, ohne daß uns ein Stein aus jener Krone fiele, von der sie sagen, daß wir sie uns aufgesetzt hätten. Nun sind wir aber nicht die, für die sie uns halten, es gibt asketische Chorherren, vor allem unserer Salzburger Observanz, und es gibt lustige Trappisten. Und was das rigorose Schweigegebot betrifft, so wünschte sich manches Mitglied eines anderen Ordens, ja vor allem der Predigerorden wie der Dominikaner, er könnte schweigen und müßte nicht dauernd predigen und reden. Das viele Reden und Redenmüssen kann zu einer Crux, zu einem schweren Kreuz werden, und mancher ist vom Vielredenmüssen schon in eine schwere Krise gestürzt worden und hat sich nichts sehnlicher gewünscht, als endlich schweigen und Ruhe geben zu dürfen und selbst in Ruhe gelassen zu werden. Ja jemand, der immer spricht, weil er immer sprechen muß, weil es sein Amt, sei es ein weltliches oder ein kirchliches, erfordert, ist wahrlich eher zu bedauern als zu beneiden. Unsere lieben Landsleute sagen freilich: Durch das Reden kommen die Leute zusammen. Ich aber sage: Das Zuvielreden treibt die Leute auseinander. Denn das Zuvielreden bedeutet immer Schwätzen. Die langen Buchepen etwa reden viel und sie reden viel Geschwätz! Und es ist auch mancher Prediger eher ein Schwätzer. Seine Theologie ist zur Mattäologie, zu leerem Schwafel geworden! Wer aber zuviel und vor allem zu lang predigt, wird leicht und schnell zum Plauderer. Es heißt schon in der Bibel: Wes das Herz voll ist, des geht der Mund über. Und das ist richtig. Natürlich hat die Bibel recht. Aber wenn der Mund spricht und spricht, dann leert und leert sich das Herz, und es gilt auch: Wenn der Mund zu lange spricht, fängt das Herz an zu schweigen. Das Vielreden überfordert das Herz des Menschen. Es ist ähnlich wie mit dem Weinen. Es soll Heilige gegeben haben, die die ganze Karwoche in Betrachtung der Leiden unseres Herrn und eingedenk ihrer und unserer Sünden geweint haben. Von Tränenströmen ist die Rede. Aber sehen wir einmal von den Heiligen ab, deren Leben von Wundern bestimmt und durch Wunder gesegnet ist, so haben unsere menschlichen Augen nur einen bestimmten Vorrat an Tränen. Auch die Zähren, die mit einem Verkleinerungswort in unserer Mundart die »Zachalan« heißen, versiegen einmal. Und dann ist Schluß mit dem Weinen, die Augen haben keine Tränen mehr. Schluß mit traurig! Es ist ausgeweint. Mancher aber spricht und predigt so lange und immer noch, wenn das Herz längst nichts mehr hergibt. Und in manchem Priester ist wohl lange der Glaube schon verstummt und er redet aus Gewohnheit immer noch weiter, weil er vieles und alles kann und alle Gesetze der Rhetorik und die Chrie beherrscht, Inventio, Dispositio und Elocutio und das übrige, aber innerlich ausgebrannt und verdörrt und verkümmert ist, daß man mit ihm Mitleid haben muß.

Ich schweife ab und rede zuviel über das Zuvielreden. Eigentlich, lieber Wernher, wollte ich ja nur sagen, daß ich es bedauere, daß Du in Deinem Garten keine Materialien und Produkte für eine Destille, die unserer Abtei gut angestanden hätte, hervorgebracht und in die Meierei hinübergebracht hast. Ein sogenannter Magenbitter etwa, wie ihn die Engelhartszeller erzeugen, hätte nicht nur unseren Mägen, sondern auch unserer Wirtschaft gutgetan. Darüber hätte sich unser Schaffner sicher sehr gefreut. Oder Wernher, denke an das Bier, das sie schon seit bald zweihundert Jahren in Weihenstephan in Freising herstellen. Ein Gärtner, lieber Wernher, ein Gärtner wie Du, aber eben doch ein ganz anderer, nämlich ein wahrer Gärtner, steht mit dem Hopfen, den er im Freiland vor Freising gezogen und veredelt und gepflückt hat, am Anfang dieses alkoholischen Wunders, dieses wahren Wirtschaftswunders. Jener Gärtner hat wirklich ein Wunder gewirkt oder wenigstens bewirkt. Auf ein solches Wunder aber haben wir bei Dir vergebens gewartet. Aus Deinen Brennesseln können wir natürlich kein Bier brauen, weder ein gutes noch auch ein schlichtes, und aus Deinen Sauerampfern keinen Magenbitter destillieren. Ein Braumeister kann auch keine Wunder wirken! Gerne würde ich, Konrad, Propst von Ranshofen, mir gefallen lassen, daß sie auch über mich ähnliche Witze rissen, wie die Menschen an der Isar sie über den erfolgreichen und reichen, weil bierreichen Abt von Weihenstephan reißen. Die Leute sagen, daß die Mönche von Weihenstephan im Oratorium immer statt des lateinischen Wortes *Clementia*, das ja wohl »Milde, Schonung, Nachsicht« bedeutet, *Cerevisia* sagen und singen, was natürlich »Bier« bedeutet und vom Namen der heidnischen Göttin Ceres, der Tochter des Saturn und der Rhea, der Schwester Jupiters, und der Mutter Proserpinas, der Göttin der Feldfrüchte, des Ackerbaus und des Landlebens, der Begründerin der bürgerlichen Ordnung und der Zivilisation, abgeleitet ist. Von Weihenstephan ist es natürlich nicht mehr weit nach Beuron und den liederlichen Liedern, den ›Carmina Burana‹, in denen das Wort *bibere* für deutsch »trinken«, das unserem angestammten, ja eigentlich fremden Wort Bier zugrunde liegt, eine große, aber unrühmliche Rolle spielt. Ergo bibamus, singen sie dort, und: Mihi est propositum in taberna mori, was so viel heißt wie: Mir ist es bestimmt, einmal im Wirtshaus zu sterben. »Selig« aber, das alte theologische Wort »selig« für lateinisch beatus, verbindet sich in Weihenstephan immer mit »bier-« zu »bierselig« und »Ruhe« mit »Bier« zu »Bierruhe«. O Herr, gib ihnen die ewige Bierruhe ... Das sind Frivolitäten und Liederlichkeiten, die den Stiften schlecht anstehen. Spricht man aber den Abt des Prämonstratenserstiftes Schlägl, wo sie eben nach dem Beispiel Weihenstephans zu brauen beginnen und ähnliche Bräuche und Mißbräuche angeblich Platz greifen, darauf an, so bekommt man zu hören, man sei engstirnig und borniert und was man denn dann etwa zum Priapos auf der Reichenau oder zum »Mann mit der langen Stange« von Ranshofen sage. So spielen auch wir in diesem unheiligen Zusammenhang eine Rolle, obwohl wir uns an den Brauereien und Brennereien ringsum nicht beteiligen. Andere haben den Nutzen davon, wir aber nur den Schaden.

Das Wort »Magen« in »Magenbitter« ist natürlich auch mehr ein frommer Wunsch und eine Schutzbehauptung, als handle es sich lediglich um eine Arznei. Mäßig genossen, mag ein solches Schnäpschen ja auch dem Magen guttun, zuviel des Guten aber ist ausgesprochen schlecht, der Gesundheit abträglich und bitter. Und oft, allzu oft, beginnt mit dem regelmäßigen sogenannten Verdauungsschnäpschen die Karriere eines Trinkers und schweren namhaften oder auch anonymen Alkoholikers.

Engelhartszeller Magenbitter, Ranshofen: Defizit. Leider, mein Wernher. Lebenslustige Trappisten, zelotische Chorherren, verkehrte Welt. Wie oft habe ich bei meinen Reisen Mitglieder strenger Orden getroffen, die ich mir als Chorherren in Ranshofen nicht nur vorstellen kann, sondern gerne gewünscht hätte. Und bei manchem meiner eigenen Schäfchen hier habe ich mir schon gedacht: Du wärest in Mauerbach oder sonst einem anderen Kloster besser aufgehoben. Und, wenn ich ehrlich bin, dann finde ich, wohin ich auch schaue, selten einen am richtigen Platz. Man sagt gern, die Aufgaben der Mönche seien einerseits der Vita activa, dem tätigen Leben, und andererseits der Vita contemplativa gewidmet und geweiht. Aber mancher eher für das eine geeignete und disponierte wird in das andere, ihm Fremde, und ins Mißbehagen gedrängt und getrieben und gezwungen. Und so sieht man immer wieder bärenstarke und körperlich robuste Männer in Chorgestühle gezwängt, die nicht für sie gemacht und gezimmert scheinen, auf Betschemeln knien, die sie zu zerquetschen drohen. Es gibt Mönche, die scheint die Natur eher zum Bäumefällen als zum Singen und Beten disponiert zu haben. Sie müßten sich »ausarbeiten« können, wie die Bauern sagen. Tiere und Menschen soll man nicht vergleichen. Aber mit manchem muskulösen Mönch verhält es sich ähnlich wie mit einem starken Pferd, etwa der Norikerrasse. Solche Pferde müssen bewegt werden, sie müssen geschunden werden, und nur wenn sie bewegt, ja geschunden werden, fühlen sie sich wohl. Sie brauchen Auslauf und Lasten und Zug, sonst werden sie krank. Wenn sie ewig im Stall stehen müssen, beginnen sie schnell zu kränkeln. Und jeder Bauer weiß um den Schaden, den man von einem unterbelasteten Pferd erwarten kann. Die Hitze im Blut bringt ein solches zur Untätigkeit verurteiltes Pferd um. Koliken und Blähungen sind die Folge. Und oft kann einem solchen, etwa mit Gras oder Heu überfütterten Pferd nur noch ein Tierbader mit dem von den Bauern so genannten Wampenstich helfen, dem mit dem Messer geöffneten Notausgang für die im Inneren des Pferdes entstandene Gas- und Luftblase! Und treibt man ein solches gar mit Hafer überfüttertes Pferd dann endlich ins Freie, hört man überlaut an den Fürzen, die es beim Springen von sich gibt, daß es die Flatulenz und der Meteorismus im Stall sicher bald umgebracht hätten. Böllerschüsse der Befreiung und der Erleichterung feuert ein solches Streitroß ab! Als hätte es nichts als Rettich gefressen! Oder Zwiebeln! Oder bairisches Sauerkraut!

Es war, mein Wernher, ja schon davon die Rede, daß unter den vielen Mönchen und Herren manchmal ein körperlich eher schwächlicher oder leicht behinderter Mensch ist, was die Namen Balbulus oder Labeo als Klosternamen andeuten, aber ein Konvent von Kümmerern sind wir nicht. Wir sind nicht die negative Auslese von Menschen, die zu sonst nichts in der Welt zu gebrauchen sind. Du wirst in Gurten oder Lohnsburg oder Peterskirchen bei den Bauern auch oft gehört haben, daß sie über einen jungen Mann oder eine Jungfrau, die ins Kloster gehen wollten oder gegangen sind, gesagt haben, um den oder um die sei schade, »zu schade« für das Kloster. Oder wie die Bauern in unserem Baiern sagen: Sündenschad! Oder »ewig schad«. Um dieses Mädchen sei sündenschad, daß sie sich aus der Welt in die Klostermauern zurückzieht, um jenen Jüngling sei »ewig schade« oder »sündenschade«. So, mein Wernher, spricht der Unverstand und der Unglaube. »Sündenschad« oder »Sünd und Schad«. »Sündenschad« ist um jeden oder um jede, die in der Gottferne verharrt oder um denjenigen, der sich mit Haut und Haaren der Welt hingibt. Du hast in Deinem ›Helmbrecht‹ ja ein solches Schicksal angedeutet. Das heißt, Du hast von einer Nonne geschrieben, die ursprünglich das Richtige getan und ins Kloster eingetreten ist, aber dann apostasiert und die heilige Ordnung verrät und durchbricht oder ausbricht und die Klausur sprengt und verläßt. Du schreibst, und hier gebe ich Dir ausnahmsweise recht, daß Du manchmal oder häufig Nonnen siehst oder gesehen hast, die von ihrem niederen Teil verführt wurden, so daß sie »oben«, also im Gesicht, erröten mußten. Das »nieder Teil«, der Niederteil, schreibst Du und umschreibst Du, Du hättest gern auch »Unterleib« schreiben können. Der Unterleib, lieber Wernher, müßte es heißen, darum handelt es sich und darum geht es. Der Natur konnten und können viele nicht widerstehen, sie unterliegen den animalischen Trieben. Der Geschlechtstrieb, sagen die Spötter des asketischen Programms und der Klosterregeln, sei stärker als der Papst, mit dem Geschlechtstrieb könne sich nichts messen. Und wer ihn unterdrückt, bei sich oder anderen, denen er Enthaltsamkeit auferlegt, handle gegen die Natur und das Naturrecht. Ja manche versteigen sich so weit und sagen, die Askese verstoße gegen die Schöpfung und den Schöpfer. Ich aber sage, es ist »sündenschad« um jeden, der sich der Welt mit Leib und Seele ausliefert und mit Haut und Haaren dem Teufel anheim gibt.

Im Kloster, lieber Wernher, hat jene Nonne, die gegen Naturallohn, Käse und Eier, dem jungen blonden Bauernbuben Helmbrecht eine prächtige Haube stickt, mit einem fabelhaften Stück Leinwand, bei dessen Webung einige Weber verzweifelt sind, im Kloster also hat diese gottvergessene Person jene Künste des Stickens wie auch des Strickens, des Klöppelns und des Endelns gelernt. Statt aber diese Kunst zur höheren Ehre Gottes bei der Herstellung von Meßgewändern und Paramenten zu verwenden, bei Vespermänteln, Pluvialia, Kaseln, Manipeln und Alben, Biretten und Mitren, Tabernakel- und Altartüchern, vielleicht auch Wandteppichen anzuwenden, verwendet und verschwendet sie ihre Kunst auf das Herstellen einer Haube für den jungen Helmbrecht, auf die sie Szenen aus der Literatur, von der sie wahrscheinlich auch schon im Kloster zuviel gelesen hat, statt zu beten oder Mildtätigkeit an den Armen zu üben oder junge Novizinnen auszubilden, stickt, den Untergang Trojas, Aeneas und Dido, Theoderich den Großen und die Rabenschlacht, Karl den Großen und Roland und die anderen Paladine und Höflinge, Olivier und wie sie alle heißen. Ein Letztes Abendmahl, eine Verkündigung, eine Auferstehung, wieviel Stoff bietet die biblische Geschichte des Alten und des Neuen Bundes, aber nein, Dido muß es sein, die Selbstmörderin! So ist sie also nicht nur vom rechten Weg abgewichen, indem sie entsprungen ist, sondern hat sich auch thematisch verirrt und vergriffen, so wie Du, Wernher, Dich von Deiner Aufgabe und dem Garten entfernt und in die Literatur ausgewichen bist. Gleichst Du, Wernher, nicht Deiner Nonne in Deiner Dichtung? Und wenn Du auf Lesereise gehst, um Deine Dichtung in Baiern und Franken und Österreich ob und nieder der Enns vorzutragen, entfernst Du Dich da nicht auch sehr weit von Deinem Mutterhaus, dem Du Dich nach Deinem Weggang aus dem bäuerlichen Vaterhaus angeschlossen hast? Ich spioniere Dir sicher nicht nach und kontrolliere Dich nicht, ich frage auch nicht nach, ob Du auf Deiner Wanderschaft immer in den geistlichen Häusern einkehrst und dort in den Klöstern wohl am Chor im Oratorium teilnimmst, die tägliche Messe besuchst und das Brevier betest. Meine Herren und die Brüder in Ranshofen verübeln mir ja nicht nur, daß ich Dich schreiben und nun zu Lesungen dahinziehen ließ, sie nehmen mir vor allem sehr übel und krumm, daß ich Dich alleine gehen lasse und Dir nicht einen anderen gouvernanten Bruder zur Führung mitgebe. Und sie äußern auch die schlimmsten Phantasien und Befürchtungen über Deine Lebensführung auf diesen sogenannten Lesereisen, sie sehen Dich in finsteren Spelunken und zwielichtigen Herbergen absteigen und wie den verlorenen Sohn mit liederlichen Weibspersonen zechen und tanzen und weiß Gott was noch alles. Es sind schmutzige Männerphantasien, die mir manche Brüder vortragen. Aber wenn ich auch nichts davon wissen will, so bin ich doch auch selbst besorgt, ob Du nicht, nachdem Du den Garten vernachlässigt hast, nun den Garten Deiner Seele verwildern läßt, ob Du noch beflissen bist und Dir angelegen sein läßt, das Unkraut der Sünde und die Brennesseln des Teufels mit Putz und Stingel auszureuten. Und die Brüder sind mit mir unzufrieden, daß ich Dir auch noch eines unserer besten Pferde für Deine Lesefahrten zur Verfügung gestellt und überlassen habe. Ginge es nach ihnen, so müßtest Du zu Fuß gehen oder auf einer Schindmähre, einem

Klepper oder überhaupt einem Esel reiten. Ein Esel gehört auf einen Esel, sagte einer der Brüder, und nicht aufs hohe Roß. Ein Schriftsteller ist ein Schriftsteller ist ein Schriftsteller, das heißt ein Esel, und er hat nichts auf einem Pferd verloren, auch wenn er ein vielgerühmtes und über zwanzigmal in Handschriften verbreitetes Werk wie den ›Parzival‹ oder den ›Erec‹ geschrieben hat wie Wolfram von Eschenbach oder Hartmann von Aue. Ich aber, sagte jener mißgünstige und neidige Bruder, der offenbar auch ein Leser und Kenner der Schriften ist, hätte Dir ein Pferd wie jenes, das Enite, Erecs Gattin, reitet, offenbar ein besonderes und ein besonders kostbar gesatteltes Pferd, überlassen. Warum habt Ihr, Ehrwürdiger Vater, dem Bruder Wernher nicht gleich ein Pferd wie Wintwalite, das der Ritter Gawan reitet und auch dem Seneschall Kei des Königs Artus einmal abtritt, überlassen oder eines wie Bucephalus, das Streitroß Alexanders des Großen! Ein Ackergaul hätte es für einen mißratenen Gärtner wahrlich auch getan. Und auch ein Hengst hätte es nicht sein müssen, ein Verschnittener, ein Wallach, oder eine alte Stute hätte es auch getan. Ich, der Ehrwürdige Vater, hätte mich aber ähnlich unvernünftig wie Helmbrechts Vater verhalten, der im Vers 235 folgende noch spottet und sagt, in Ironie sagt, er würde seinem Sohn für die bevorstehende Landflucht natürlich den schnellsten Hengst geben, der über Gräben und Zäune springt und unendlich ausdauernd ist, wenn er nur einen solchen feil fände und angeboten bekomme, dann aber, wie in Deinem Werk in den Versen 391 folgende nachzulesen, wirklich in den Kauf eines unendlich teuren und überbezahlten Hengstes einwilligt! Dreißig Stürze Loden, vier Kühe, zwei Ochsen und drei Stiere und überdies vier Metzen Korn muß er verkaufen, um die zehn Pfund für den Hengst hinzulegen. Der Vater blutet, daß ihm das Herz blutet! O weh, verlorene Sieben!, stöhnt und seufzt und jammert er! Tatsächlich habe der Helmbrechtbauer diesen Hengst für zehn Pfund Silber eingekauft, und hätte ihn doch nicht mehr für drei Pfund wieder- und weiterverkaufen können. Mit Pferden, lieber Wernher, ist es bei den Bauern offenbar ähnlich, wie ich es von unserem Bruder Bibliothekar weiß, wie es mit den Codices und Büchern ist. Sie kosten, um es in bäuerlicher Ausdrucksweise zu sagen, beim Einkaufen ein Schweinegeld, und wenn man sie, diese Pest, wieder loswerden will, bekommt man dafür einen Pappenstiel. Ganze Bibliotheken kann man jetzt, wo die franziskanische Bücheraversion zu greifen beginnt und viele Bücher wie Tand behandelt und nicht selten verbrannt werden, für zehn Pfund Silber kaufen. Es gibt Äbte, wie ich weiß, die ihre Bücher neuerdings in den Ofen schmeißen, um es im Alkoven des Kalefaktoriums im Winter schön warm zu haben. Einige Confratres meinen offenbar wie jener zitierte, Du, Wernher, hättest in Deinem ›Helmbrecht‹ also auch mich »verewigt«, verspottet, nämlich, weil ich Dir »als Gegenleistung« für die Verwahrlosung des Gartens diesen Meidem für Deine Lesereise zugestanden habe, den wir besser zur wirklichen Lese, das heißt zur Ernte in unserer Meierei, einspannen hätten sollen. Ich aber, murren sie, habe mich von Dir einspannen und vorführen lassen. Und wenn sie unter sich sind, sagen sie, mich habe der Teufel geritten. Schreckliche Dinge, Wernher, muß ich mir um deinetwillen anhören. Und es reicht leider bis zur Drohung des Austrittes, wenn ich Dich weiter gewähren lasse. Eine solche »Drohung« kann ich natürlich nicht ernst nehmen, wenn ich daran denke, wie überfüllt wir sind und wie wir an Raumnot leiden! Was soll ich tun! Denn nicht vom Mob allein, wie die Lateiner sagen, von keiner Plebs und keinem Vulgus nur also kommt dieses vulgäre, plebejische Mobbing. Nicht der Pöbel, wie wir deutsch Sprechenden sagen, pöbelt hier jemanden an, nein es sind geweihte, ich scheue mich nicht, nach alter Ausdrucksweise zu sagen, es sind auch »heilige« Männer »am Werk«.

Ich bin vorhin darauf zu sprechen gekommen, daß es Professionisten in allen Sparten, nicht nur unter dem Krummstab oder der Infel gibt, die für ihre Profession oder als Mönche für die Profeß wie geschaffen sind, und andere, denen der gewählte Beruf ein Leben lang ant tut, wie die Baiern sagen. Er ist für sie wie ein unpassendes, meist zu kleines Kleid, wie Schuhe, die um Hausnummern zu klein oder zu groß sind und darum drücken und niffen, wie wieder die Baiern sagen. So haben sie Blasen und Wunden an den Füßen und auch an den Seelen. Denn sie sehnen sich hinaus aus ihren Banden und Fesseln, in andere Berufe hinein, in andere Weltgegenden oder auch in andere Zeiten. Gerade mit der Zeit werden viele nicht fertig, mit der Gegenwart kommen viele nicht zurecht und darum verfallen sie immer wieder in Vergangenheitslob und Gegenwartsschelte. Ich mag das ewige Lamento nicht mehr hören. Und immer wieder erlebt man, daß sich die Ehelosen die Ehe und die Verheirateten die Ehelosigkeit wünschen, daß kinderreiche Eltern ihre ungeratenen ungehorsamen Kinder verwünschen, ja zum Teufel wünschen und kinderlose Ehepaare sich nichts sehnlicher als Kinder wünschen. Die Welt ist ein Jammertal. Was aber nun Dich, Wernher, Gärtner, betrifft, so frage ich mich, ob die Nachwelt in hundert oder zweihundert Jahren, also im Jahre 1350 oder 1450 bei der Lektüre Deines Werkes, wenn ihm Nachruhm beschieden ist, überhaupt erkennen wird, daß hier ein Gottgeweihter, ein Bruder des Augustinerordens immerhin, am Werk war. Ich habe gesagt, man müsse einem Mönch, wenn er auch nur Eisstock schießt, den Mönch und die Weihe anmerken, es muß ein Unterschied sein zwischen einem geweihten Schützen und einem Laien, um wieviel mehr müßte man aber dann einem Verfasser eines Buches wie Dir die klerikale Herkunft ansehen und merken. Ich zweifle aber daran, ob Du als Bruder und als Ranshofener erkennbar sein wirst. Am ehesten, Wernher, wirst Du noch als Bauernsohn und als Gärtner, jedenfalls als ein mit der Landwirtschaft Vertrauter auszumachen und auszunehmen sein. Aber werden die Menschen, wenn sie lesen, daß der Helmbrechtsvater stolz sagt, daß er auch einem Pfaffen nicht mehr gibt, als was ihm zusteht, nicht meinen müssen, das hat ein Feind der Kirche oder doch ein Kirchenkritiker geschrieben? Denn insinuiert dieser Passus nicht, daß sich die Kirchlichen immer zuviel herausnehmen? Das klingt ja fast, als möchtest Du sagen, die Kirche habe einen großen Magen und könne vieles vertragen und verdauen. Da bin ich ja richtig froh, wenn Dich Dein Werk nicht unmittelbar als Ranshofener kenntlich macht, denn dann könnte ja die Meinung entstehen, die Hintersassen Ranshofens, unsere lieben Bauern in Innbaiern, die hierher zehentpflichtig sind, seien Fronsklaven und ausgenützte und ausgeschundene Knechte des Stiftes. Das stimmt in unserem Fall doch wirklich nicht. Und wenn es auch immer wieder habgierige Menschen in unserer Heiligen Mutter hat und gibt, so ist das doch nicht die Regel. Natürlich weiß ich, mein Wernher, daß es immer wieder Bauern wie offenbar Deinen Helmbrechtsvater gibt, die unzufrieden sind und den Zehent einen Fünfent nennen, als würden wir um die Hälfte zuviel, also nicht den zehnten, sondern den fünften Teil der Ernte nehmen und in unsere Scheunen bringen lassen. Aber auch wenn sie diese Vorwürfe gegen den Zehent zehn oder meinetwegen hundertmal wiederholen, werden sie nicht richtiger. Viele möchten am liebsten gar nichts, keine Abgaben abgeben und abliefern. Andere bezweifeln die Gewichte, als sei an unserem steinernen Metzen, der auf das Haar den Marktmetzen in

Ried, Schärding und Haag gleicht, manipuliert worden. Ein schwerwiegender Vorwurf nicht nur gegen unsere Schaffner in Ranshofen, sondern auch gegen die Marktvögte, die im Auftrag der Herrschaft die Maße alle paar Jahre eichen und überprüfen! Wir nehmen also nur dasjenige, was uns zusteht und gehört. Nicht nur einmal habe ich einem unzufriedenen Bauern wie Deinem Helmbrechtsvater vorgesagt und vorgebetet, daß die Maße und Metzen geeicht sind und daß das gute bairische Wort »eichen« aus dem lateinischen *aequus* abgeleitet ist, was auf deutsch »gleich« bedeutet. Im Eichen, sage ich den Bauern, werden die jeweiligen Maße dem Richtmaß der Herrschaft angeglichen, so daß überall die gleichen Maße gelten. Konventsmitglieder aus dem alemannischen Raum sagen für das, was wir Baiern *eichen* nennen, *pfachten*, was wiederum dem lateinischen *pactum* entspricht. Das Geeichte entspricht also dem »Ausgemachten«, dem rechtlich Vereinbarten, dem Paktierten, wie die Juristen gerne sagen. Und Du, liebes Bäuerlein, sage ich dann zu den Unzufriedenen, verstehst leider kein Latein, darum sage ich Dir den alten Rechtsgrundsatz: *Pacta sunt servanda*, halt auf deutsch: Die Verträge müssen eingehalten werden. Zehent muß Zehent bleiben. Ein Hesse unter meinen Herren sagt übrigens weder *pfachten* noch *eichen*, sondern *sinnen*. Das wieder kommt von *signare*, was auf deutsch heißt: Ein Zeichen anbringen oder das Zeichen auf der Waage mit der Richtschnur des Eichamtes vergleichen. Der Sinn ist bei allen drei Wörtern der nämliche. Das alles brauchen die Bauern natürlich nicht wissen, sie sind an wahrer Bildung natürlich nicht interessiert, sind eben Bauern, wissen aber sollen sie, daß es bei unseren Maßen mit rechten und nicht unrechten Dingen zugeht. Und wissen sollen sie auch, daß in der Bibel steht, gebt dem Kaiser, was des Kaisers ist, und Gott, was Gottes ist. Ein obergescheiter und besonders unzufriedener Bauer hat mir da einmal nach meiner Predigt am Sonntag Trinitatis, als ich zum Thema des Evangeliums gepredigt hatte, eingewendet, hier sei ja gar nicht von der Kirche die Rede, sondern nur von Gott und dem Kaiser. Als ich ihm aber sagte, daß er für Gott die Kirche einsetzen müsse, reizte ihn dies weiter zu Widerspruch, und er meinte, wenn hier auch von Gott, was seinetwegen noch für Kirche stehen mag, die Rede ist, so steht von Ranshofen in der Heiligen Schrift aber nichts geschrieben. Ranshofen kommt in der Bibel nicht vor. Er kann natürlich nicht lesen und schreiben, sagte der Bauer, aber seines Wissens steht jedenfalls nicht im Evangelium: Gebt dem Kaiser, was des Kaisers ist, und Ranshofen, was Ranshofens ist. Davon hat er noch nichts gehört.

Wenn so die Bauern selbst von Eichen, nicht den Bäumen, sondern dem Eichen der Obrigkeit sprechen, haben sie meistens nichts Gutes im Sinn. Sagen sie von einem Menschen, er sei geeicht, dann bedeutet das, daß dieser Mensch ein Trunkenbold ist und »viel vertragt«. Und das häßliche Sprichwort: Die Geweichten, mundartlich für Geweihten, sind die Geeichten, habe ich leider auch nicht nur einmal gehört.

Wenn also nun ein Leser in einem fernen Jahrhundert, wenn dann die Welt noch steht, Deinen Vers liest, den Du dem Helmbrechtsbauern in den Mund gelegt hast, daß er nämlich auch für die Kirche nichts übrig hat und ihr nichts gibt und vermacht, was ihr nicht zusteht und rechtens zukommt, so wird er und muß er meinen, Dein Buch habe sicher kein Geistlicher, kein Frater barbatus, kein bärtiger Laienbruder und kein »Konverse« verfaßt, und wenn er am Schluß Deine Signatur findet: »Wernher der Gärtner« sei der Dichter, dann wird er Dich womöglich wirklich und tatsächlich für einen Gärtner halten, der Du auch neben Deiner geistlichen Berufung eigentlich sein solltest, aber leider lange nicht mehr bist. Dort nennst Du Dich »Dichter« und bittest die Leser, das heißt ja nun die Vorleser, für Dich zu beten. Wenn Du, mein lieber Wernher, den Helmbrechtsvater, diesen Ehrsamen, auf Redlichkeit und Rechtlichkeit bedachten, auf die Ordnung achtenden, Sitte und Brauch einhaltenden Gutmenschen sagen läßt, er gebe auch der Kirche oder den Pfaffen nicht mehr, als ihnen zusteht, also den Zehnten, dann werden sich viele Deiner Zuhörer oder der Zuhörer Deines Traunviertler Konkurrenten, der um Wels und Sipbachzell Deine Geschichte, die er sich für seine Verhältnisse zurechtgemacht und umgeschrieben hat und nun zu Deinem Verdruß als seine eigene verkauft, dann werden sich viele dieser Zuhörer noch etwas ganz anderes denken und mit den Zähnen knirschen und vielleicht auch dort und da ihre auf Pfründe versessenen Pfaffen, ja, auch solche gibt es bedauerlicherweise!, verfluchen und verwünschen. Denn natürlich ist hier um Ranshofen, aber noch viel mehr um Kremsmünster und das dortige Benediktinerstift, viel Grund und viel an Bauernhöfen durch Schenkungen der Kirche zugefallen. Wie viele kinderlos gebliebene Bauern, namentlich Witwen nach abgestorbenen Landwirten, haben nicht ihr gesamtes Gut der Kirche als Erbgut überlassen. Diese Erbschaften und Schenkungen an unsere Heilige Mutter, die Kirche, haben natürlich bei den Nachbarn jener an die Stifte gefallenen Höfe und Bauerngüter viel böses Blut gemacht. Auch haben sich oft nähere oder auch fernere Verwandte von solchen kinderlosen Paaren, Witwen oder Witwern, Hoffnungen auf Erblassung gemacht und sich dann übergangen und in den Testamenten unberücksichtigt und nicht bedacht erfahren. Und sie haben die Erblasser und die Erbin, das Stift Ranshofen oder das Stift Kremsmünster, verwünscht und verflucht. Und ich weiß, daß auch der Helmbrechtsbauer in Hof von Ranshofener Stiftsgrund gesäumt ist und mancher Hof dortselbst an uns gefallen ist. Du schreibst ja in Deiner Geschichte, daß eine Nonne aus dem Kloster entsprungen ist und für den jungen Helmbrecht die Haube genäht hat. Nun, Du weißt wie ich, daß es einen solchen Fall bei unseren uns angeschlossenen Chorfrauen in Ranshofen gegeben hat. Aber oft, wie Du schreibst – »Viel oft mein Auge solche sieht« –, ist ein solcher Fall, ein solch bedauerlicher Abfall, nicht geschehen. Mit dem »oft« schützt Du also jene arme Jungfrau, der dies geschehen ist und die Du in Deiner Geschichte verwertest und verwendest, aber Du beleidigst damit eigentlich alle anderen »Sorores conversae«, die treu an ihren Gelübden festhalten. Zudem handelt es sich bei den uns angeschlossenen Chorfrauen fast ausnahmslos um edle Frauen, ja Hochadelige, wie ja auch meine Herrn, meine Chorherren, Herren von Geblüt und Geburt sind. Daß eine weit über alles Bäurische erhabene wirkliche und wahre Frau einem Bauernlümmel eine Haube stickt, ist ja ganz unwahrscheinlich, um nicht zu sagen widersinnig. Wo, mein Wernher, hast Du da nur hingeschaut. Und welche von unseren lieben Chorfrauen könnte sich sonst außer jenem bedauerlichen Geschöpf in der Nonne Deiner Geschichte abgebildet finden! Gertrudis vielleicht, die von ihrer Mutter, der Witwe Wichards von Hutte, in unser Stift gebracht wurde und einen Teil, ja den Großteil des Gutes zu Bicheling demselben darbrachte? Nicht daran zu denken, mein Wernher! Oder vielleicht Adelheid, die Tochter des Raffold von Plankenbach, die ein Gut zu Lindach unserem Stift übergab. Sie war bekanntlich die Nichte des Otto von Rohr! Nein, mein Wernher. Oder gar die Matrone Liukardis, die im Jahre 1175 zu uns stieß und ihre großen Besitzungen in Überackern, vor allem die dortige Mühle mitbrachte? Unausdenkbar, mein Wernher. Wie aber muß sich schließlich durch Deinen Suspekt die fürstliche Adelheid, die Enkelin des Gottfried, des Kämmerers des Herzogs von Baiern, die 1190 zu uns kam, beleidigt fühlen. Dabei erwähne ich nur einige Namen aus unserem Nekrolog, um von den vielen heiligmäßigen Frauen, die heute bei uns sind, zu schweigen und diese zu schonen. Du hättest besser, mein Wernher, unserer großen Wohltäter gedenken sollen, als Dich in die Gefahr zu begeben, der Komplizenschaft mit den Feinden der Heiligen Kirche bezichtigt zu werden und zwielichtige und mißverständliche Äußerungen zu machen. Du kennst mich als einen Mann des Ausgleichs und der Mäßigung, der harte und überharte Worte scheut und auch allen Manichäismus der Schwarzweißmalerei verabscheut. Aber nicht einmal ich kann jenen Herren im Konvent aus voller Überzeugung widersprechen, die Dich mit dem häßlichen alten bairischen Wort »Nestbeschmutzer« bedenken! Während also Du offenbar nach Deinem Selbstverständnis Dich für einen hältst, der »ausmistet« und den Augiasstall von Auswurf befreit, nennen Dich Deine Confratres »Nestbeschmutzer«! Du gereichtest, sagen sie, Ranshofen nicht zur Zier, wenn Dich auch einige sogenannte Intellektuelle im Literaturfach als kritischen Geist und Mann der Distinktion und der Diskretion, das heißt der Unterscheidung der Geister, rühmen und Dir so ein Charisma, eine der Gaben des Heiligen Geistes, nachsagen und zusprechen. Für die anderen bist Du ein Nestbeschmutzer, der sich der Illoyalität schuldig gemacht, weil er die Kirche der Raffgier bezichtigt, indem er die Partei der Bauern ergreift. Weil ich nun dem Ausgleich das Wort rede und sicher auch, weil ich selbst als Bauernfreund dem Bauerntum nahe stehe, gebe ich, wenn solche Vorwürfe vor allem während Deiner langen Abwesenheiten infolge der »Lesereisen« laut werden, immer zu bedenken, daß Du als Bauernbürtiger doch wohl entschuldigt bist, oder wenn nicht ganz entschuldigt bist, so doch ein wenig Nachsicht verdienst, wenn Du Deinem Herkunftsstand ein gutes Andenken bewahrst und ihm Dein Wort leihst. Mit solchen Bitten um Verständnis wecke ich aber meist nur die sozusagen schlafenden Hunde der Regel, wo es heißt, daß der Mönch bei seinem Eintritt in das Kloster einen neuen Namen und mit diesem neuen Namen eine neue Identität erhält. Er muß, mit Paulus gesprochen, den alten Menschen ablegen und den neuen Menschen anziehen. Was vergangen ist, ist aber vergangen, und das Neue hebt an. Ja selbst das Bibelwort »Laßt die Toten die Toten begraben« wird mir bei solcher Gelegenheit vorgehalten und entgegengesetzt. Wir Äbte und Pröpste und Prioren sind ja nun wirklich gehalten, darauf zu sehen, daß sich unsere Novizen von allem Vergangenen und Veralteten, allem Obsoleten freimachen, um empfänglich zu werden für die neuen Aufgaben der Seelsorge und des Gebetes. Ich für mein Teil widerspreche diesem Fundamentalismus und Rigorismus insofern, als ich sage, daß es mit dem Bauerntum und dem Nährstand eine besondere Bewandtnis habe. Und ich verweise auf die Bibel und darauf, daß in unserer Heiligen Schrift selbst so viel und so liebevoll vom Bauerntum und der bäuerlichen agrarischen Lebenswelt des Heiligen Landes die Rede ist. Und ich sage auch gern, daß des Bauerntums kein Mensch entraten kann, wer sich ernähren muß und auf die Lebensmittel des Landmannes angewiesen ist, gibt bereits hiermit dem Stand des Bauern die Ehre. Nur wer von der Luft lebt und leben könnte, der hätte sich von der Landwirtschaft frei gemacht. Der Mensch lebt zwar nicht vom Brot allein, aber vom Brot lebt er immer noch. So finde ich auch allen Hochmut gegenüber jenem niedrigen Stand lächerlich und kindisch. Und ein bißchen Sentimentalität und Nostalgie der Landkinder im späteren Leben durchaus verständlich und verzeihlich. Übertreiben freilich soll man es nicht. So wollen die Gläubigen in den Kirchen einen Priester predigen hören und nicht hauptsächlich einen Bauernsohn. Und mancher Prediger hat mit seinen Dorfgeschichten seine Zuhörer schon ermüdet und gelangweilt. Und maßgeblich bleibt für allen Handel und Wandel das Regiment der Kirche. Es ist ja auch die Aufgabe und die Pflicht der Geistlichen, auf die Einhaltung der Sonntagsruhe zu achten, wie es der Kaiser Karl, den man mit Recht den Großen nennt, in seiner ›Allgemeinen Ermahnung‹ festgelegt hat. Bei der Gelegenheit erinnere ich Dich daran, daß Karl in seiner ›Allgemeinen Ermahnung‹ einen Unterschied zwischen der knechtisch-bäurischen Arbeit, etwa dem Roden und Bäumefällen, und der Gartenarbeit macht. Vielleicht hat Karl in seinen Gärten an den Pfalzen in Ingelheim oder Paderborn, Regensburg oder Aachen auch am Sonntag einmal ein Unkräutlein ausgerupft. Du, mein lieber Wernher, Bauernsohn und Bruder Gärtner, Frater Hortulanus, hast Deinen, unseren Hortulus ja nun leider schon an Werktagen zuwenig oder nicht gepflegt, zuwenig oder nicht begossen. Am Sonntag aber schon gar nicht, und das leider nicht aus moraltheologischen Gründen der Sonntagsruhe, der Quies domenica, weil Du den Tag des Herrn heiligen wolltest, sondern aus Nachlässigkeit, um nicht zu sagen Faulheit. Wenn aber eine Pflanze am Sonntag dürstet, weil es heiß ist, und sie vor Durst umzukommen droht, ist es dann mit ihr nicht wie mit dem Ochsen, der am Sabbat in die Grube fällt und den heraufzuholen auch am Sabbat erlaubt sein muß, wie uns Christus lehrt, den die Pharisäer und die Schriftgelehrten mit ihrem Beispiel in Verlegenheit bringen und in die Falle locken wollten, um ihn der Falschheit und der Heterodoxie zu überführen? Nein, Wernher, Gott läßt es alle Tage und auch am Sonntag regnen, wie auch die Sonne alle Tage scheinen kann und ausgerechnet am Sonntag nicht scheinen muß. Kasuistische und sophistische Spitzfindigkeiten werden vom Menschen nicht verlangt. Er soll handeln wie die Natur oder naturgemäß, also alles zur rechten Zeit verrichten. Das ist auch der Grund, daß ich mit meiner Kompetenz, den Bauern sommers und zur Erntezeit ausnahmsweise auch am Sonntag knechtische Arbeiten zu erlauben, großzügiger und liberaler umgegangen bin als andere Kirchenmänner und Pfarrherren. Das hat mir Schelte und Verdacht vielfältiger Art eingebracht. Strengere Äbte und Bischöfe haben mich den Totengräber der Sonntagsruhe genannt. Ich hätte, haben sie halbernst gespottet, Karl den Großen und seine ›Admonitio generalis‹, seine allgemeine Ermahnung, was die Sonntagsruhe betrifft, durch meine ›Concessio specialis‹, meine von der Kanzel herunter verkündete Erlaubnis zur Erntearbeit am Sonntag hintertrieben und hintergangen. Um Ranshofen, sagten sie, herrsche im Sommer auf den Fluren und Feldern nicht Sonn-, sondern Frontag. Mit diesem Vorwurf, diesem Wortspiel vom *Frontag*, haben sie sich freilich selbst ein faules Ei gelegt, denn im Worte *Fron* steckt ja, wie in *Frondienst* und *Frönen*, das alte Wort für den Herrn Fro, das wir auch in *Fronleichnam* besitzen. Dir, dem Verfasser des ›Helmbrecht‹, werde ich da nichts Neues sagen. So haben meine geistlichen Kritiker eigentlich wider Willen recht gehabt, wenn sie vom Frontag gesprochen haben. Die Bauern verrichten ein gottgefälliges Werk, wenn sie am Sonntag die Ernte einbringen, die sonst vielleicht verderben müßte. Andere aber haben gesagt, da sehe man es wieder, wenn es um den Zehent geht, den die Bauern von ihrem Ernteertrag an die Kirche abliefern müssen, dann vergißt die heilige Kirche ihre heiligen Grundsätze. Weil sich die Kirche von einem rechtzeitig und gesund und trocken eingebrachten Getreide mehr erwarten kann, erlaubt sie eben dieses

Einbringen auch am Sonntag. Jetzt dürfen oder müssen sich die Bauern auch am Sonntag auf den Feldern schinden, rakkern und schwitzen. Das also sei der wahre Grund, der wahre Grund und der Hintergrund sei nicht das Allgemein-, sondern das Eigenwohl, der Eigennutz des Klerus. So mache ich es mit meiner generöseren Handhabung meines Amtes halt auch niemandem recht! Ist es der Fluch der Erbsünde, daß es keiner und niemand irgendwem recht machen kann? Du mir nicht und ich Dir nicht, wir den Bauern nicht und die Bauern uns nicht und wir alle miteinander dem Kaiser nicht, die Kirche dem Kaiser nicht und der Kaiser der Kirche nicht. Vor dem Herrgott aber, lieber Wernher, stehen wir alle miteinander nicht gut, sondern wie arme Sünder da. Karl, Du Großer, Du Heiliger des Bistums Aachen, vergib mir armen Konrad von Burghausen, wenn ich an Deiner ›Allgemeinen Ermahnung‹ übel gehandelt haben sollte!

Ranshofens Liebling unter den Kaisern ist natürlich Arnulf von Kärnten, unser größter Wohltäter. Ach, Wernher, hättest Du über ihn geschrieben, hättest Du unsere Dankbarkeit für den großen Kaiser in einer Hymne oder einer ›Laus Arnolfi Imperatoris‹ oder einem ähnlichen Werk zum Ausdruck gebracht. Und hättest Du erforscht und beschrieben, was Arnulf, der viel eher als Arnulf von Kärnten als Arnulf von Ranshofen oder Rantesdorf, wie Ranshofen damals hieß, bezeichnet werden soll, weil er sich in den Jahren 888, 892, 893 und 898, also mindestens viermal und damit öfter als in Moosburg oder Karnburg in Kärnten in Ranshofen aufgehalten hat, für uns bedeutet! Unser Stift ist aus einem agilolfingischen Herzogshof, nach der Absetzung des unglücklichen Herzogs Tassilo ein karolingisches Reichsgut und schließlich, vor allem unter Ludwig, den wir mit dem Beinamen den Deutschen nennen, eine mächtige Pfalz geworden. Ludwig war oft in Ranshofen, wie wir mit vielen

Urkunden und Privilegien, Dotationen und Schriftstücken in unseren Truhen und Tresoren beweisen können. Wir sind wahrlich nicht auf Fälschungen und Falsifikationen angewiesen wie andere Herrschaften. Es ist ein Jammer um die vielen gefälschten Urkunden heute, man weiß bald nicht mehr, was man glauben soll. Auch unter Ludwigs Nachfolgern, dem König Karlmann und dessen Nachfolger Karl, den sie den Dicken nennen, hat Rantesdorf als Königshof und Reichspfalz seine Bedeutung gehabt und behalten. O Wernher, welch reicher, tiefer, verlorener Stoff, den Du Dir da entgehen hast lassen und den Du für die Bagatelle Deiner Märe vom blöden Bauernbuben Helmbrecht hingegeben und verschmäht hast. Du hast Dich im Niederen und Seichten verloren und hättest ein riesiges Gemälde etwa von den großen Jagden Kaiser Arnulfs und seines immensen Gefolges im Weilharter Forst oder im sogenannten Brühl, im Tiergehege unserer heutigen Prülwiesen, entwerfen und ausführen können. Das hätte Eindruck gemacht, wenn Du vom Klang der Hörner, dem Bellen der Meute der deutschen Hunde und der Hatz, den Pferden und den Waffen ruhmreiche Kunde gegeben hättest. Hättest Du Dich Arnulf zugewendet und schriftstellerisch gewidmet, so hättest Du zugleich aber auch Deinem bäuerlichen oder bäurischen Heimweh und einer an sich guten Vorliebe für alles Agrarische nachgehen und nachgeben können. Denke nur daran, wie Arnulf, unser lieber Kaiser Arnulf im Februar des Jahres 899 dem Priester Ellenbrecht der Pfalzkapelle, das heißt der Vorgängerkapelle unserer heutigen großen Pankrazkirche, zwei Joch Ackerland, eine Mühle und das Servitut, das Holznutzungsrecht im Weilhartforst, aber auch die Heunutzung und die Schweinemast nicht nur im Forst Weilhart, sondern auch im Höhenhart gestattete und schenkte. Dieser Stoff hätte Dir also viel, ja alles geboten, das Imperiale und die Huldigung, aber auch das Elementare, das Materiale, den Mutterstoff, Futtergras und Heu und das Fleisch der Schweine! Und niemand hätte Dich daran gehindert, wenn Du etwa eine große Epopöe ›Die Mühle‹ geschrieben hättest. Wie lange werdet ihr Schreiberlinge, ihr Schreibfaulen uns und die Menschheit noch auf das große Epos über die Mühle warten lassen! Und wer, wenn nicht Du, der Gurtner Bauernsohn, hätte etwas zum Mühlenthema zu sagen! Kein Wort zu Arnulf, keines zu Heu und Holz und keines oder doch nur eines, das übertragene Wort müllen in der eher abfälligen Bedeutung »zertrümmern«. Nicht »mahlen«, das altehrwürdige Zeitwort, sondern das wirklich »abfällige« müllern oder müllen erwähnst und nennst Du ...

Wie freue ich, Konrad von Burghausen, Propst in Ranshofen mich, wenn ich die Fratres molinarii, unsere Laienbrüder, die die beiden Stiftsmühlen am Ort besorgen, in ihren Arbeitskleidern, von Mehlstaub bedeckt, in ihrer kleinen Abteilung im Chor neben den anderen Brüdern, in einem gewissen Respektsabstand sitzen sehe. Und wie gern habe ich ihnen jenes Privileg erneuert, das die Müller von altersher besitzen, daß sie in eben ihren Werktagskleidern am heiligen Ort erscheinen und sich nicht umziehen und verkleiden müssen. Ein Müller ist ein Müller ist ein Müller! Meine Müller haben die weiße Farbe des Brotes aus dem von ihnen hergestellten und erzeugten Mehle an sich, auch des heiligen Brotes, das wir in Christi Leib wandeln ... Sind nicht sie es neben den Bauern, die das Opfer der Versöhnung, das wir sakramental feiern und begehen, erst ermöglichen. Und ich habe es auch nie als eine Störung der Ruhe oder des Gottesdienstes empfunden, daß wir, namentlich wenn sich die Tür zu unserer Basilika öffnet, das Klappern der näheren der beiden Mühlen im Kircheninneren vernehmen. Es ist ein frommer Laut, ein gottgefälliges Geräusch, das sich auch mit dem

Choral messen kann. Es kündet ja von dem vom Schöpfer in sein Geschöpf, den Menschen, eingepflanzten »Lumen naturale«, seinem Sinn und Verstand, einer göttlichen Vernunft. Die Mühle betet und singt auf ihre Weise, im Tonus rectus, im Psalmenton, das Lob des Schöpfers. Die Mühle rühmt des Ewigen Ehre.

In wie vielen Kirchen landauf landab sind nicht Bilder und Schildereien von sogenannten Mystischen Mühlen und Hostienmühlen zu bewundern. Auch ich habe mich lange Zeit mit dem Gedanken getragen, für Sankt Pankraz einen Auftrag für eine Hostienmühle an einen Künstler zu erteilen. Leider aber habe ich in ganz Innbaiern keinen Maler oder Bildhauer gefunden, dem ich ein Bild, ein Relief wie jenes, das ich in der Kirche der heiligen Magdalena in Vezelay im französischen Departement Yonne dereinst gesehen und bewundert habe, zutrauen konnte. So ist es vorerst beim Vorsatz geblieben. Doch gilt auch hier, daß aufgeschoben nicht aufgehoben ist. Und so mir der Herrgott noch einige Lebenszeit vergönnt und die Umstände danach sind und ich einen entsprechenden Maler oder Bildhauer treffe, werde ich zur Tat schreiten oder zur Tat schreiten lassen und ein Bildwerk veranlassen, das wie mein Vorbild Moses und Paulus als Müller zeigt, Moses, wie er das Getreide in den Mahltrichter gießt, und Paulus, der das Mehl unter dem Mahlgang in einen Sack birgt. Kann es ein schöneres Bild vom Verhältnis der beiden heiligen Testamente zueinander geben als dieses? Es zeigt diese Mystische Mühle auf das anschaulichste und einprägsamste, wie der Alte Bund in den Neuen mündet, wie Moses und Paulus am selben Werk als Mühlenwerk, als Mahlknechte *kooperieren*, wie es in der heiligen Sprache Latein heißt. Der Grieche aber spricht von *synergein* und *synergetisch*. Moses und Paulus arbeiten zusammen, sie wirken Hand in Hand.

Für eine solche Mystische Mühle schien mir jener Braunauer Bildhauer, den Du, Wernher, für den Priap in unserem Garten gewonnen und beschäftigt hast, wahrhaftig nicht der geeignete. Jener Bildhauer Frank, auf den Du Dich kapriziert hast, beherrscht vielleicht die Vorstellung und die Darstellung des nackten Menschen mit allen, auch ärgerlichen und widerwärtigen Einzelheiten und ist insofern ein typischer, ja archetypischer Vertreter des heute in der Kunst grassierenden Nudismus, der Freikörperunkultur, aber kann er auch eine Mühle abbilden, kann er auch ein Kammrad, ein Stockgetriebe, eine Schütze, einen Trichter, ein Mühleisen oder gar einen Rüttelkasten mit einem Rotabulum, dem Rüttelstock, ein Stauberrad, einen Wellbaum darstellen? Er kann es nicht! Die Interessen der heutigen Künstler sind weitgehend fehlgeleitet. Sie interessieren sich fast nur noch für den entblößten Menschen. Nicht einmal die Ärzte sind mit dem nackten Menschen so vertraut wie die Maler und Bildhauer. Wohin soll das noch führen. Wenn die Entwicklung in diese Richtung fortschreitet, dann kommt es in ein, zwei Jahrhunderten wohl überhaupt zu einer Renaissance und Wiedergeburt der Antike und ihrer leiblichen und fleischlichen Freiheiten. Ein Pornograph aber, mein Wernher, wie Dein Meister Frank aus Braunau, kann keine Hostienmühle und keine Mystische Mühle malen. Sicher, lieber Wernher, hast auch Du als Kind in Gurten den Neckspruch gehört: Ein Müller mahlt, ein Maler malt, es mahlen alle beide. Nein, Wernher, sie malen oder mahlen nicht beide. Vor allem können die Maler die Mahler, die Müller heißen, nicht malen. Denn wenn sie die Müller malen können sollten, dann müßten sie auch mahlen können oder doch eine Ahnung oder Kenntnis von der Mühle haben. Sie sind aber Ignoranten, was das Technische betrifft. Sie studieren nicht den Vitruvius. Sie »studieren« nur die Anatomie des Menschen, am liebsten der Frauen. Und deswegen können sie keinen zünftigen Rüttelstock malen oder schnitzen, sondern nur Priaps »Rotabulum«, jenen »Wiesbaum«, jene »Langwied«, wie die Bauern sagen, über die ganz Innbaiern lacht!

Mystik, o Wernher, wer beherrscht von unseren heutigen Malern noch die Mystik. Es ist, um es mit einem Wortspiel zu sagen, eher die Mistik, die unsere Maler umtreibt, die alte Mystik, die vor noch nicht einmal achtzig Jahren die heilige oder wenn noch nicht heiliggesprochene, so doch sicher heiligmäßige Herrad von Landsperg mit ihrem großen Bilderbuch, dem ›Hortus deliciarum‹, so unvergleichlich und unnachahmlich beherrscht hat, ist offenbar am Verschwinden. Solche Bücher wie jenes Bilderbuch, das unser alltägliches Leben abbildet und es zugleich in seiner transzendentalen und metaphysischen Dimension zeigt und sichtbar, schaubar und anschaulich macht, solche Bücher braucht die Menschheit. Das sind die wirklichen und wahren »Deliciae«, was auf deutsch »Vergnügungen« heißt, was Herrad zeichnet und abzeichnet. Zeichnen, Abzeichnen und Bezeichnen heißt das Programm dieser Kunst und ihre Richtung ist vom Physischen zum Metaphysischen. So zeichnet Herrad, wie Du sicher weißt, ganz genau zwei Bauern, die pflügen, einen hinter dem Pflug und einen vor dem Pflug, also einen, der den Pflug an den Rüstern hält und führt, und einen, der die Ochsen leitet und führt, was die Bauern »menen« nennen. Es soll sich bei diesem so alt und im Deutschen eingewurzelt aussehenden Wort *menen* gleichwohl um ein Fremdwort aus dem Lateinischen, nämlich nach *minari* handeln, höre ich. Du erwähnst ja selbst dieses Bauernwort in Deiner ›Helmbrecht‹-Dichtung. Der Vater sagt in Deiner Erzählung zum Sohn, daß er sich den Dienst und die Arbeit aussuchen könne, er, der Vater, werde sich danach richten, wenn der Sohn den Pflug führen wolle, dann werde er menen, wenn aber der Sohn lieber die Ochsen »menen« möchte, dann werde er, der Vater, die Rüster halten. Die sachliche Genauigkeit in diesem Punkt lobe ich mir, das will ich gerne zugeben. Aber Herrad von Landsperg geht weiter und darüber hinaus, denn man sieht einen Engel, der den die Ochsen Führenden an den Händen faßt und offenbar in die Höhe zieht. Und so, mein Wernher, muß man zu dieser Zeichnung der beiden Pflüger, die so genau ist, daß man jedes Detail am Ochsengeschirr und auch am Pflug sieht, etwa nicht nur die Rüster, sondern auch das *Sech*, das Messer, das die Erde vor der Schar des Hakenpflugs »vorschneidet«, die Heilige Schrift, und zwar Lukas 17,30–36 hinzulesen: »Auf diese Weise wird's auch gehen an dem Tage, wenn des Menschen Sohn soll offenbart werden. Wer da sucht, seine Seele zu erhalten, der wird sie verlieren; und wer sie verlieren wird, der wird ihr zum Leben verhelfen. Ich sage euch: In der selben Nacht werden zwei auf einem Bette liegen; einer wird angenommen, der andere wird verlassen werden. Zwei werden mahlen miteinander, eine wird angenommen, die andere wird verlassen werden. Zwei werden auf dem Felde sein, der eine wird angenommen, der andere wird verlassen werden.«

Frauen sind es also, die im Lukasevangelium mahlen, und eine Frau, Herrad von Landsperg, ist es, die die mahlenden Frauen malt. Ut pictura poesis! Sie ist also wahrlich eine »Angenommene«, wie es im Evangelium heißt, das heißt eine Begabte und Begnadete und Gesegnete, was man von den meisten heute zeichnenden und schreibenden Männern nicht so leicht sagen kann. Sie hat ihre Sache, das Buch und auch das Kloster Odilienberg im Elsaß, dem sie vorgestanden ist, gut im Griff gehabt. Sie hat sich im Unterschied zu vielen jetzt Schaffenden bewährt. In *Bewähren* steckt aber *wahr*. Und noch in hunderten Jahren, vielleicht noch im Jahre 2000, wird man ihren ›Hortus deliciarum‹ – wie Walahfrids ›Hortulus‹ – studieren und man wird aus ihm ersehen, wie man damals um 1170 geackert und gerackert hat, wenn nicht vielleicht das Buch vernichtet wird und einem der unzähligen Kriege, wie wir gerade wieder einen von Ungarn her erleben, der auch Ranshofen so sehr in Mitleidenschaft zieht, zum Opfer gefallen sein wird. Eine friedliebende Frau, eben Herrad, war es auch, die in eben jenem ›Hortus deliciarum‹ gezeigt hat, was von den Kämpfen der kriegerischen Männer zu halten ist. Du, Wernher, kennst sicher das Bild der Herrad, auf dem man zwei Knaben sieht, die sich gegenüberstehen und an Schnüren zwei Ritter als Puppen tanzen oder vielmehr kämpfen lassen. Im Hintergrund aber sieht man den König Salomo, und er sagt, was Herrad und ihr Bild ausdrücken: Vanitas vanitatum vanitas. Alles ist eitel. Nichts oder doch nichts Gutes ist durch den Krieg, das Übel schlechthin, zu erreichen. Gebt nach und laßt ab von eurem kindischen Tun. Es ist gar ein Wind! Seit Urzeiten, seit die menschliche Zivilisation und Kultur im Zwischenstromland zwischen Euphrat und Tigris ihren Anfang und Ausgang genommen hat, ist durch den Krieg nichts Gutes entstanden, sondern nur Gutes vernichtet und zunichte gemacht worden. Das sagt uns Herrad!

Hortus deliciarum, mein Wernher, HORTUS DELICIARUM heißt das Stichwort. Ich sage nur ›Hortus deliciarum‹! Und Herrad von Landsperg! Ein Name, der über so vielen Namen ist, vergleichbar jenem der anderen großen Frauen des vorigen Jahrhunderts, nämlich Elisabeth von Schönau und Hildegard von Bingen! Eine Frau, eine Äbtissin, eine Augustiner-Chorfrau hat vor zwei Generationen mit ihrem Werk, dem ›Hortus deliciarum‹, dem Garten der himmlischen Vergnügungen, die Männerwelt der Theologen und der Schriftsteller beschämt. Was keinem Mann und keinem

Gelehrten und keinem Schreiber gelungen ist, das ist dieser hehren Frau, dieser wahren Herrin aus Landsperg, überzeugend gelungen. Herrad von Landsperg aber ist, wie schon einmal gesagt, eine Begabte, eine Begnadete. Ja, sie ist nicht nur eine Begabte, eine einfach Begabte, sie ist eine doppelt Begabte, eine Doppelbegabung, sie ist eine fromme Zeichnerin, hervorragend als Theologin und hervorragend und überragend als Zeichnerin! Ach, könnte man das von anderen und vielen sagen und behaupten, ach, Wernher, könnte man das vor allem auch von Dir behaupten und sagen. Wernher der Gärtner ist ein großer Gärtner und ein begabter Schriftsteller, ja könnte man wenigstens in anderer Reihenfolge und Wertung sagen: Wernher der Gärtner ist ein großer Schriftsteller und außerdem kein unbedeutender Gärtner. Die Bäume der Herrad sind buchstäblich in den Himmel gewachsen! Die Pflanzen in Deinem Ranshofener Garten wachsen nicht in den Himmel, und wie hoch Dein Stern mit dem ›Helmbrecht‹ steht, will ich nicht beurteilen. Ich wünschte, er stünde hoch, daß man wenigstens sagen könnte: Als Gärtner hatte Wernher nicht gerade einen grünen Daumen, aber als Schriftsteller hatte er eine gute Hand. Hierin ist er gewachsen und gereift. Schön wäre es, wenn unsere Innviertler Landsleute von Dir sagen könnten: Literarisches können wir nicht beurteilen, aber als Gärtner steht Wernher da wie ein Kerschbaum in der blühenden Sunne …
Viele der jetzt Schreibenden sind aber meiner Ansicht nach nicht gereift und gewachsen, sondern ausgewachsen, und ihre Bücher sind recht durchwachsen, weder Fisch noch Fleisch. Flisch und Feisch wird einem, wenn das Wortspiel erlaubt ist, heute in der Literatur vorgesetzt. Und es gilt auch hier: Friß, Vogel, oder stirb!

Heiliger Lukas, Urbild aller sogenannten Doppelbegabungen, steh uns bei. Du warst Evangelist und Maler, Schriftsteller und bildender Künstler in einem. Wie viele große Künstler haben dich beim Malen gemalt, haben dich abgebildet, wie du eben die Mutter des Herrn abbildest. Die Heiligen malen, die Heiligen beschreiben, lieber Wernher, das ist das Eigentliche, das den Künstlern aufgetragen ist, denn nur das Herrliche soll auch verherrlicht werden. Stelle Deinen ›Helmbrecht‹ unter diesen Maßstab und Anspruch, und sieh, ob er nicht zu leicht befunden. Die Gelehrten sagen uns, Du hättest ein Bispel, also eine Beispieldichtung, verfaßt. Aber außer am rechtschaffenen Vater kann sich keiner ein Beispiel nehmen an irgendeiner Deiner Gestalten. Es sind die Mutter, die Schwester Gotelind und die Freunde Helmbrechts, Wolfsrachen und Rüttelschrein und wie sie heißen, doch alles nur abschreckende Beispiele. Unerfreuliche Gestalten. Oder sollen wir uns an ihrer Schlechtigkeit und dem aus ihrer Schlechtigkeit erfließenden Unglück weiden? Hast Du vielleicht an die niederen Instinkte im Menschen und seine Schadenfreude appelliert? Ich weiß nicht, ob sich der Mensch wirklich reinigt, wenn er, auch mit Verachtung, auf das Schreckliche, das Böse und das Häßliche blickt. Ich für mein Teil habe zum Beispiel jenen Brauch abgestellt, daß die Gläubigen auf die Häscher auf jenem Bild der Geißelung unseres Herrn im linken Seitenschiff einschlagen und spucken, ihre Gesichter mit Messern zerstechen und zerkratzen durften. Ich habe mit Mißbilligung erkannt und gesehen, daß das Volk bei diesen Aktivitäten in der Karwoche mit mehr Hingabe und Emotion am Werk war als bei der Kreuzverehrung am Karfreitag, wo mancher, der noch kurz davor wie ein Wilder beim Geißelungsbild gewütet hatte, vor dem Bild des Gekreuzigten kaum eine ordentliche Kniebeuge zusammengebracht hat, von einem liebevollen Kuß der Wundmale ganz zu schweigen … Der Mensch muß wohl auch das Destruktive und die Werke der Finsternis und des Teufels anschauen können, ohne selbst destruktiv zu werden. Es ging bei der sogenannten Bilderverunehrung ja nicht nur darum, daß sich die Menschen abreagieren konnten, wie es die moderne Scholastik mit einem Ausdruck des großen Thomas von Aquin nennt, es ging schließlich auch um die Zerstörung von Bildern, um einen Bildersturm, und somit auch um die Vernichtung von Kunst. Wo kämen wir hin, wo käme die heilige Mutter Kirche hin, wenn sie alle Darstellungen des Bösen in den Kirchen freigeben und dem Haß der Guten zur Disposition stellte. Und ist nicht auch manches Bild eines Heiligen oder einer Heiligen in unseren Kirchen suspekt, wo wir doch wissen, daß mancher Maler seine Frau oder gar seine Geliebte und eine Mätresse als heilige Ursula, Agatha oder Cäcilia gemalt hat. Um von Maria, der ersten und größten Heiligen, ganz zu schweigen. Ja, wir wissen, selbst manches Marienbild hat eine unverkennbare Ähnlichkeit mit einer Weibsperson aus dem Bekanntenkreis eines Malers. Und wir fragen uns, wird durch diesen Realismus nun das Niedrige erhöht, die Gewöhnlichkeit geadelt, oder wird umgekehrt das Erhabene erniedrigt, das Heilige verunehrt. Wie aber verhält es sich mit dem Bild, das wir uns von Jesus machen. Wohl ist er Mensch geworden, in allem uns gleich, ausgenommen die Sünde. Diese Sündenlosigkeit aber muß in jedem Bild des Herrn auch dargestellt werden und zum Ausdruck kommen. Wer das nicht kann, der soll sich daran nicht vergreifen und diesem Thema mit seinem Pinsel fernbleiben. Mißlungene Kunst ist eine Sünde nicht nur gegen die Ästhetik, sie ist, wenn sie das Heilige zum Thema hat, auch ein Sakrileg, ja eine Blasphemie. Wie viele Marienbilder übertreiben und betonen nicht heute die Weiblichkeit der Gottesmutter, indem sie freizügig die Geschlechtlichkeit des weiblichen Menschen Maria überbetonen und ostentativ herausstellen. Auch manche Maria lactans, manches Bild der den Jesusknaben stillenden Mutter, ist zu nahe an der animalischen Natürlichkeit der menschlichen Natur. So kann manches Bild dieser Art den Menschen nicht erheben, es zieht ihn in der Gegenrichtung herunter ins Irdische, ins Banale und Triviale. Viele Maler aber tun so und gebärden sich so, als sei ihnen, wie dem heiligen Lukas, Maria Modell gesessen. Und doch wissen wir und erkennen unschwer, wer ihnen tatsächlich Modell gesessen hat und wer ihnen vorgeschwebt hat, als sie die Heiligste gemalt haben.

Du, mein lieber Wernher, sagst ja auch im Vorwort Deiner ›Helmbrecht‹-Dichtung, daß Du zu schreiben beabsichtigst und Dich anschickst, was Du mit eigenen Augen gesehen und was Du wirklich erlebt hast. Du aber weißt so gut wie ich, daß das eine Lüge ist oder eine Fiktion, wie die Scholastik sagt. Du huldigst wie alle Dichter dem Nominalismus und bist so wenig ein Realist wie Wolfram oder Hartmann, die Deine Vorbilder sein mögen. Und selbst diesen Vorbildern, Wolfram und Hartmann, bist Du ja eigentlich nicht gefolgt. Ich bin kein Literaturkundiger, aber soviel weiß ich, daß ihre Werke, welche von Artusrittern, von Parzival und Erec und Iwein erzählen, ein gutes Ende haben, daß die Ritter wohl durch manche Niederung geführt, aber schließlich doch glücklich enden, auf ihren Burgen und in ihren Reichen fromm regieren. Wie aber sticht Dein ›Helmbrecht‹ auch von Hartmanns süßen Legenden, der Märe von Gregorius und der Erzählung vom ›Armen Heinrich‹ ab, wenn Helmbrecht schließlich an Armen und Beinen verstümmelt und geblendet von den zornigen Bauern auf einen Baum gehängt und gehenkt wird. Das ist erschütternd, aber nicht erhebend, das ist abstoßend, aber nicht anziehend. Ich weiß, daß Du Dich damit verteidigst, daß dies wirklich und realistisch sei, daß selbst in kleinen Städten und Märkten wie Ried oder Schärdingen nahezu wöchentlich exekutiert und Räuber oder Ehebrecher, Hexen oder Engelmacherinnen und anderes Gesindel aufgehängt wird. Überall seien Scharfrichter und Henker am Werk, selbst in Mattighofen beschäftigt die Gemeinde einen hauptamtlichen Executor und so fort. Überall gleich hinter den Haupttoren der Stadtmauern und auf den Plätzen der kleinsten Städte und Märkte sind Pranger errichtet, und ständig werden dort von den kommunalen Bütteln öffentliche Sünder angebunden und ausgestellt und der allgemeinen Verachtung zugeführt. Bäkker, die betrügen, werden in den Eisenkäfigen von der Stadtmauer in den Graben hinuntergelassen und dort getunkt und eingetaucht, »geschupft«, wie der Volksmund sagt, bis ihnen der Atem und die Bosheit ausgeht, vom Spießrutenlaufen und anderen Hinrichtungen als dem Henken wie dem Ausdärmen oder Vierteilen ganz zu schweigen. Das also, sagst Du, Wernher, sei der Grund, warum Du Deinen ›Helmbrecht‹ geschrieben und so geschrieben hast, wie Du ihn geschrieben hast. Du möchtest nichts beschönigen. Nun sei es darum. Jedenfalls nehme ich mir deshalb auch die Freiheit heraus, Deine Gärtnerei in unserem Stift Ranshofen so darzustellen, wie sie ist, sie nicht zu beschönigen, weil es da nichts zu beschönigen gibt. Ich bleibe auch angesichts Deines Gartens ein Realist und beschönige nichts im Sinne einer nominalistischen Sprachregelung. Dichter sagen ja gerne, auch vom Bösen, es sei gut, in gewissem Sinne nicht schlecht und besser als das sogenannte Gute, das sie gern schlecht machen. Andere sagen angesichts eines ungepflegten und verwilderten Gartens nicht etwa, der Garten sei ungepflegt und verwildert, sondern sie sagen, dieser Garten entspreche dem englischen Stil. Es sei also eine stilistische und eine ästhetische Frage, wie man diesen verwilderten und unkultivierten Garten beurteile. Das sind die Kunststücke der sogenannten Künstler. Und einen ordentlich gepflegten Garten nennen sie gerne »überkultiviert«. Dabei sage ich es Dir im Guten, Du weißt, mein Wernher, daß es strengere und härtere Prioren gibt und daß die Regeln auch härtere und drastischere Strafen für Verfehlungen von Konventualen vorsehen. Immer heißt es, Unkraut muß ausgerissen und verbrannt werden, und wenn auch auf wirkliches Unkraut im Klostergarten nicht die Todesstrafe steht, so ist doch auch in der sonst so moderaten Regel des Benedikt von Schlägen durchaus die Rede. In gewisser Weise hast Du in Deiner ›Helmbrecht‹-Geschichte ja gezeigt und vorgeführt, was mit menschlichem Wildwuchs und Unkraut geschieht. Verstümmelt und gehenkt wird der arme Bauernsohn, gereutet und verbrannt, um es biblisch zu sagen. So sagen auch diejenigen wahrscheinlich nichts Verkehrtes, die sagen, Deine ›Helmbrecht‹-Geschichte sei eine »Kontrafaktur«, wie sie es nennen, zur biblischen Geschichte vom verlorenen Sohn, die die Theologen heute lieber die Erzählung vom barmherzigen Vater nennen. Die Theologen sind heute halt auch große Sprachkünstler und »Sprachregler«, die die harte Wirklichkeit gerne schönreden. Und wir wissen auch aus Klostergeschichten, daß pflichtvergessene Gärtner des öfteren, und zwar nackt, in ihre brennesselüberwucherten Beete geworfen wurden. Und wenn dies auch im Fasching geschehen ist und so als Gaudi und Jokus gelten konnte, so war doch auch ein gewisser Ernst in der Posse. Köche, mit denen man unzufrieden war, hat man gezwungen, Kaspel, also Schweinetrank, zu trinken, anderen hat man aus anderen Gründen die Narren- oder Siechenschellen umgehängt, zur Warnung vor ihnen und für sie, so wie man eben die Siechen zum Tragen der Schelle zwingt, damit ihnen die Gesunden ausweichen können. Was all den Ulk zur Faschingszeit betrifft, so habe ich den gröbsten Unfug wie etwa das Essen von fetten Würsten an den Altären oder das Singen unflätiger Lieder vom Chor rigoros abgestellt. Dafür fehlt mir im Gegensatz zu anderen Äbten wahrlich der Sinn. Ich nehme auch gern in Kauf, daß von mir gesagt wird, wie ich vernommen habe, es fehle mir an Humor. Ich sage vielmehr von jenen Prälaten und Prioren und Äbten: Die Herren haben seltsame Humore! Ich glaube vielmehr, daß jemand, der ein an sich mildes Regiment führt, wofür ja ein Beweis sein kann, daß ich Dich, Wernher, als Gärtner und als Schriftsteller zwar murrend, aber doch gewähren ließ und lasse, daß also gerade ein solcher Vorgesetzter das Recht und auch die Kraft hat, groben Unfug abzustellen. Er kann die Stränge anziehen, damit auch im Fasching nicht unmäßig weit über sie geschlagen werden kann. Es gibt Fastnachtsspiele, die sind so ärgerlich, daß ich sie in keiner Stiftstaverne aufführen lasse. Und es stört mich auch nicht, wenn gesagt und gerufen wird: Konrad von Burghausen übt eine Zensur aus, er ist ein Feind der Freiheit der Kunst. Ich gebe gerne zu, daß ich dann auch schon manchmal zurückgefragt habe: Und wie steht es mit der Dichtung ›Helmbrecht‹ von Wernher, meinem Gärtner, über die sich aus ständischen Gründen schon mancher Kirchenobere, weniger als Mann der Kirche als vielmehr als Adeliger und Mann der Herrschaft, aufgehalten hat. Der Adel, Wernher, nimmt mir, dem Adeligen, Deine Dichtung krumm und übel. Dieses Werk hätten sie nicht erlaubt, sagen die Adeligen, die am fetten Donnerstag und am Faschingsdienstag das Fressen von feisten Würsten in ihren Kirchen erlauben und über die im Chor angestimmten ›Carmina Burana‹ hellauf und lauthals lachen. Mihi est propositum in taberna mori lassen sie an heiliger Stätte grölen! Als wäre selbst der heiligste Ritus und die Liturgie nur Mummenschanz und Karneval!

Deinen ›Helmbrecht‹, Wernher, lesen die Leute also gern. Eigentlich muß ich sagen: Deinen ›Helmbrecht‹ lassen sich die Leute gerne vorlesen und vortragen. Immer wieder werden wir um Abschriften gebeten. Es gäbe sicher schon mehr Abschriften, wenn wir hier in Ranshofen jedem Antrag und jedem Wunsch nach einer Handschrift oder handschriftlichen Abschrift nachkommen würden und könnten. Aber wir haben wahrhaftig andere Aufgaben, als den Lesehunger oder die Lust am Erzähltbekommen von gelangweilten Adeligen zu befriedigen. Ich gehe nicht so weit wie manche zelotischen Mönche und vor allem die Seelsorger und Spiritualen der Geißler, daß ich alle Literatur, das Schreiben und das Lesen oder Vorlesen unter »Schaden spenden« rubriziere. Um das Langeweilevertreiben aber geht es allemal, und die Leute freuen sich am meisten über das Schreckliche, über Erzählungen von Verbrechern. Sei der Literaturbetrieb aber auch nicht ausgesprochen ein »Schaden spenden«, so ist unsere Aufgabe doch zuvörderst Sakramente spenden, Beichte hören, Messe lesen, Versehgänge gehen, trauen und taufen, firmen und Priester weihen. Sieben Sakramente sind uns anvertraut und aufgegeben, die Literatur zählt nicht dazu. Am nächsten kommt die literarische Tätigkeit der Heiligkeit und Frömmigkeit, wenn es um die heiligen Schriften, die Schriften selbst oder um ihre Auslegungen geht. Was Gerhoch von Reichersberg mit seinen großen Kommentaren zu den heiligen Schriften geleistet und vollbracht hat, darf gut und gern und mit voller Berechtigung als »Gottesdienst« bezeichnet werden!

Was nun die Abschriften Deines ›Helmbrecht‹ betrifft, die bei uns, aber auch in anderen Schreibstuben anderer Stifte und anderer Orden angefertigt werden, so höre ich von großen Unterschieden und weitgehenden Eigenmächtigkeiten mancher Abschreiber. Jeder lokalisiert Deine Geschichte angeblich woanders, vor allem lokalisieren die Abschreiber Deine Innviertler Geschichte gern in ihrer eigenen Heimat, die einen im Traunviertel, die anderen im Mühlviertel, ja selbst das Jogelland und Unterkrain und Tirol werden als Orte eingesetzt. Ich halte das aber trotzdem nicht für einen Grund, sich zu beschweren und zu beklagen. Deine Geschichte handelt schließlich von einem Verbrecher, und wenn sich die Schreiber darum reißen, diesem Verbrecher ihre eigene Heimat als seinen Herkunftsort zuzuweisen, soll mir das recht sein. Ja, den guten Vater, den alten und rechtschaffenen Helmbrechtsbauern, wird man gern für das Innviertel in Anspruch nehmen und reklamieren, aber der Sohn soll meinetwegen gern als Jogelländler oder Krainer oder Kärntner oder Steirer und meinetwegen als Halbadeliger gehandelt werden und gelten ... Du schreibst ja, daß Helmbrecht in seinem dummen Stolz vermutet, daß sein Vater gar nicht sein Vater ist und daß einmal ein Ritter, ein hübscher Hofmann oder Höfling, vorbeigekommen sei und sich zu seiner Mutter gelegt habe. Das ist ja nun der Höhepunkt und der Gipfel an Frechheit, wenn ein Sohn oder auch eine Tochter wie Gotelind, Helmbrechts Schwester, die leiblichen Eltern oder doch die Mutter des Ehebruchs zeihen, weil sie lieber die Bankerten von Adeligen wären als die legitimen Kinder von rechtschaffenen Bauersleuten! Genaugenommen ist es ja noch gräßlicher und scheußlicher, denn Du, Wernher, läßt Gotelind sagen, wenn ich mich recht erinnere: »Auch ich bin fest davon überzeugt, daß ich in Wirklichkeit nicht seine Tochter bin. Der Mutter hat sich ein hübscher Ritter zugesellt, als sie mich im Schoß trug. Dieser Ritter hat sie sich genommen, als sie noch spät abends in den Wald ging, um nach Kälbern zu suchen ...« Die schwangere Bäurin also hätte sich einem Ritter hingegeben, wie wir lesen müssen, denn wenn auch geschrieben steht, der Ritter habe sie genommen, so steht doch nicht geschrieben, daß er sie mit Gewalt genommen, also vergewaltigt habe. Nennen so Sohn und

Tochter die Mutter nicht eigentlich eine Hure, die sich selbst im Stande und anderen Zustande der Gravidität dem Ritter hingibt oder sich gar einen solchen anlacht und anlockt. Ich, Konrad von Burghausen, Dein Propst, Geistlicher aus dem adeligen Stand, höre natürlich auch hier einen Anwurf gegen die Anmaßung des Adels heraus. Denn nachdem Helmbrecht und Gotelind in Deiner Geschichte ja das Falsche sagen, muß man sich bei der Lektüre, wenn man ihre Geschichte hört, immer das Gegenteil als das Richtige ausdenken. Und wenn Helmbrecht und Gotelind, die Bauernkinder, stolz sind auf ihre Ritterbürtigkeit, so muß doch der Theologe nach der Schuld des Ehebruchs fragen. In der Bibel heißt es, daß der Herr angesichts eines Bresthaften gefragt wird, wer an dem Gebrechen des Ärmsten schuld sei, der Vater oder die Mutter. Haben bei jenem Beilager von Ritter und Bäuerin also auch beide gesündigt, weil zwei Ehen gebrochen wurden, da wir uns ja wohl auch den Ritter als beweibt denken müssen, so ist die Schuld des Ritters natürlich die größere, weil der Adel verpflichtet. So sehe ich es, wenn ich auch weiß, daß viele Standespersonen des Adels es gerade anders sehen und der irrigen Meinung sind, daß sich der Höhere beim Umgang mit der Niederen gar nicht beschmutzen könne und daß dies, was er so geschlechtlich tue, im Sinne der »Werkstatt der Natur« getan sei, daß also nur der Natur und dem Trieb entsprochen und nachgegeben werde. Aus Frankreich hören wir neuerdings, daß sich dort auch die Kirche mit der Institution der sogenannten Prostibula, der Dirnenhäuser somit, ausgesöhnt, ja angefreundet habe. Wie man dazu auch stehen mag, geht es dort immerhin doch um Meretrices, also Liebesdienerinnen. In Deiner Geschichte aber ist von einer verehelichten Bäuerin die Rede. Und es ist auch nicht von jenem ärgerlichen sogenannten »ius primae noctis« die Rede, jenem Recht, das sich die

Grundherren über die Bräute ihrer Hintersassen nach der Hochzeit herausnehmen. Und ist es nicht ein besonderes Ärgernis, daß sich sogenannte »Liebeskünste« sogar für den Fall Gedanken machen, daß es der ritterliche und adelige Herr mit einer bereits Schwangeren zu tun bekommt und für diesen Fall das »Pferdchen« empfiehlt, um die Leibesfrucht nicht zu behelligen und zu gefährden. Du, Wernher, läßt, wenn auch unausgesprochen, einige Kenntnis des venerischen Themas erkennen. Ich brauche Dir gegenüber wirklich nicht genauer zu werden. Muß ich Deine Geschichte aus der Sicht des Adels schelten, so sage ich andererseits als Propst und Priester, daß ich froh bin, daß Du an dieser Stelle wenigstens die Geistlichkeit aus dem Spiel gelassen hast, die Du ja sonst auch nicht gerade schonst. Das muß ich Dir schon deswegen hoch anrechnen, weil es neuerdings Mode geworden ist, in sogenannten »Priesterleben« oder ähnlichen Büchern die Geistlichen als die besten Liebhaber oder, was schlimmer ist, als die größten Buhler und Hurer darzustellen. Noch ist das Skandalwerk des Heinrich von Melk über das Gemeine Leben und das Priesterleben in Erinnerung. Und in manchem Werk, das aus dem Süden, aus Apulien und der Toscana, also selbst aus dem Kirchenstaat kommt, wird der Eindruck erweckt, als seien die Klöster Lasterhöhlen und Brutstätten der Unzucht, so wie Dein Ranshofener Garten eine Brutstätte und eine Lasterhöhle des Unkrauts und der Brennesseln ist. Und wie über Deinen Unkrautgarten Priapos waltet, so walte er auch in den geistlichen Häusern und Abteien der Männer- als auch der Frauenorden.

Und dann, lieber Wernher, hättest doch Du als gebildeter und aufgeklärter Mann an dieser Stelle anmerken müssen, daß nur ein dummes Bauernmädchen der alten Vorstellung und dem geradezu mittelalterlichen Irrtum anhängen und den Stumpfsinn des Altertums vertreten kann, daß der nachträgliche Verkehr und geschlechtliche Umgang mit einer Schwangeren an der Leibesfrucht dieser Trächtigen etwas ändert, als hätte das empfangene Kind nun zwei oder noch mehr Väter. Bitte, Wernher, wann leben wir! Wir schreiben das Jahr 1268! Solch horrende genetische Schauermärchen hätten wahrlich ein erklärendes und erläuterndes, vor allem ein dementierendes Wort verdient. Du aber läßt die Bauerndirn schwätzen, ohne ihr ins Wort zu fallen und sie an ihren Dummheiten zu hindern. Ja, Wernher, mein Vorwurf geht weiter. Mir ist fast, wenn ich diese Stelle, die Rede der Gotelind, der Schwester des Helmbrecht, den sie hier nur mit seinem Räubernamen Slintesgeu nennt, den sie für ein Adelsprädikat zu halten scheint, genau betrachte, als habe es Dir Lust und Vergnügen bereitet, das offensichtlich lüsterne Mädchen ganz unbedarft und unverblümt daherreden zu lassen. Grenzt es nicht an Liebedienerei und Prostitution, wenn Du das Mädchen sagen läßt: »Ich traue mir durchaus alles zu, was ein Mann von einer gesunden kräftigen Frau verlangen kann. Ich habe alles zu bieten, was er von einem Weibsbild erwarten kann. Ich bin dreimal so kräftig wie meine Schwester, als sie heiratete. Und selbst meine schwache Schwester ging am Morgen nach der ersten Nacht nicht am Stock und ist in der Brautnacht nicht verblutet und gestorben.« So ähnlich läßt Du nach meiner Erinnerung die Gotelind reden, vielleicht habe ich nur an dieser oder jener Stelle ein Wort hinzugenommen, den Sinn habe ich sicher getroffen. Lieber Wernher, was soll das! Geht dies nicht auch schon in jene Richtung der Obszönitäten, die heute die ärgerliche Minneliteratur nimmt, wenn in Thüringen, wie Du weißt und wie ich sicher gehört habe, ein Minnesänger ein – sit venia verbo, aber ich zitiere –: »Lob der guten Fut« anstimmt. Es fehlte nicht viel und Gotelind, das verführte Mädchen, die Verführerin, priese auch ihre Dutten in den höchsten Tönen an, nicht aber als Quelle der nährenden Milch für den legitimen Nachwuchs, sondern als Spielzeug für den Buhlen. Das Brüsten mit den Brüsteln ist ja auch in Baiern nachgerade Mode geworden. Und die Mode, die Kleidermode dieses unsäglichen Saeculums, tut noch das Ihrige und Übrige, indem sie das Abstehende und Überständige demonstrativ herausstellt, so daß nach dem freien und bloßgestellten Busen der Weiberleut kaum noch die eigentliche Brust und der Warzenhof verhüllt und bedeckt erscheinen. So wird dasjenige, was reizend sein soll, natürlich aufreizend. Du, Wernher, hast mit Neidhart dem Reuenthaler ja eines Deiner Vorbilder genannt. Vergessen aber hast Du den anderen, der noch drastischer und deutlicher den neuen Geist der Zeit verkörpert. Ihn aber, den alten Sünder, höre ich heraus, wenn Gotelind sagt, sie habe alles und traue sich auch alles zu, was sich ein Mann von einer Frau nur wünschen kann. Denn wie heißt es in jenem heute allenthalben gesungenen Minnelied des Tannhäusers: Was immer man, ja Mann, sich an einer Frau wünschen kann, das hat sie in Fülle. Und der Tannhäuser wird, wie Du weißt, noch konkreter und übertrifft Dich hierin, wenn er buchstäblich und tatsächlich nicht nur den Kopf und die Füße der Mädchen beschreibt, sondern auch »was dazwischen liegt«, und nichts ausläßt, weder die vollen Brüstel noch auch das Meinel, den Schamhügel, den Mons veneris, und auch nicht den Hintern. Lüstern fleht er sein Mädchen, das er eine Sommerpuppe nennt, an, sie möge doch bitte auch ihr »sitzel blecken«, was ja wohl nichts anderes heißt, als ihr Ärschlein ein wenig und kurz sehen lassen, weil er dabei so gern ein bisserl erschrickt ... Ich will mich über diesen Gegenstand nicht weiter auslassen und verbreitern. Der Tannhäuser ist ja bestimmt keine Lektüre für einen Mönch, und auch der Neidhart hat in der Bücherei eines Klosters nichts verloren, wenn es auch viele Klöster und manchen Abt gibt, der die Angelegenheit etwas liberaler sieht als ich und seine Bücherkammer voll von Fastnachtsspielen und Schwänken und anderen weltlichen Dummheiten hat. Diese Herren gehen davon aus, daß auch der Gottesmann dies alles sehen und zur Kenntnis nehmen müsse, wie ja auch der Seelsorger und der Beichtvater zur Kenntnis nehmen müsse, daß vor wenigen Jahren selbst Tannhäuser beim Papst in Rom Vergebung für seine Sünden und Gnade gefunden hat, was der Heilige Vater vorerst selbst nicht für möglich gehalten hatte, dann aber durch ein Wunder, nachdem seine Krücke auszutreiben und zu blühen begonnen habe, belehrt, bestätigt bekommen und Dispens gewährt hat. So wenig wie sein Stab austreiben und ergrünen könne, würde der Tannhäuser Absolution erlangen, hatte der Papst anfangs gesagt ... Das alles also muß man wissen, wenn man unsere Zeit und die Menschen verstehen will. Machen wir es, wie es in unserer bairischen Heimat der Brauch ist, wenn von einem Toten wie eben dem Tannhäuser, der ja auch schon das Zeitliche gesegnet hat, gesprochen wird, sagen wir: Gott hab ihn selig. Gott, der ja für die Seinen, namentlich den Sünder, über den im Himmel mehr Freude herrscht als über 99 Gerechte, von den Selbstgerechten ganz zu schweigen, ganz andere Freuden bereit hält als jene, die der Tannhäuser in dieser Welt gesucht und im Venusberg gefunden hat. Im Himmel wird nicht gefreit, steht bei Paulus. Und es sind dumme und einfallslose Menschen, die sich keine anderen Freuden als jene, um die es dem Minnesänger Tannhäuser ging, vorstellen und ausmalen können. O sancta simplicitas! Immerhin hat Tannhäuser auch am Kreuzzug des Stauferkaisers Friedrich II. teilgenommen und für die heilige Sache der Kirche Unsägliches erlitten. Er war also gar nicht der Erotomane und der Satyriast, den viele in ihm sehen wollen! Er hat den Pilgerstab und das Kreuz genommen!

Und damit komme ich zu einem Thema, mein Wernher, das mir schlußendlich noch besonders am Herzen liegt. Es geht mir nicht nur darum, Deine Geschichte vom Räuber, dem landflüchtigen Helmbrecht, zu beurteilen und zu kritisieren, vielmehr geht es mir schon darum, unseren Garten zu beanstanden, weil und wenn Du Dich schon »Wernher der Gartenaere« nennst – es geht mir also nicht nur um das Anprangern und Bekritteln, ich will mich nach all dem Negativen auch gern mit einem positiven Vorschlag einstellen. Ja, ich möchte es mehr als einen Vorschlag, ich möchte es schier einen Auftrag nennen. Die Teilnahme des Tannhäusers am Kreuzzug Friedrichs gibt mir dabei das Stichwort. Ich bitte Dich also, nein ich, Konrad von Burghausen, Propst des Stiftes Ranshofen, heiße meinen Gärtner Wernher, den Schreiber, die Geschichte des Dietmar Anhanger zu Papier zu bringen und so wirklich ein schmerzliches Desiderat zu erfüllen und eine unverzeihliche Lücke in unserer Literaturlandschaft, die von Müßigem und Überflüssigem und viel Ärgerlichem dominiert und bestimmt wird, zu füllen. Dietmar der Anhanger, mein Wernher, ist der Mann der Stunde, nicht Helmbrecht. Helmbrecht ist kein Held, oder höchstens der »Held« der Geschichte im Sinne der Literaturkunde, er ist aber ein negativer Held in diesem Sinne, auch im Sinne unserer ironischen Mundart, die mit beißendem Spott und Sarkasmus und im Gegensinn einen besonderen Kümmerer gern einen »Helden« nennt – Du bist mir ein schöner Held! sagen die Leute. Helmbrecht ist ein solcher »Held«, also kein Vorbild. Wir aber brauchen Vorbilder, Menschen, an denen sich die Menschen ein Beispiel nehmen können. Worte bewegen, Beispiele aber reißen hin!, heißt es schon in der Poetik, und was tun wir Diener der Kirche anderes, als Beispiele des gelungenen Lebens, Heilige oder doch Heiligmäßige vorzutragen und anzuführen, damit diese uns leiten und lenken, damit wir uns von ihnen leiten und führen lassen. Dietmar nun ist ein solches Vorbild. Und er trägt seinen Namen zu Recht. Damit könntest übrigens auch Du, wenn Du sein Leben aufschreibst, was ich Dir auftrage, nach guter alter Tradition beginnen, nämlich das Argument in seinem Namen herauszustellen. Denn Dietmar heißt bekanntlich »der im Volk Gerühmte«. So wie Dietrich als Königsname den »an Volk Reichen« bezeichnet, so Dietmar, den »bei den Leuten Bekannten, Gerühmten«. Dietmar heißt soviel wie »der Populäre«. So gesehen ist es eine Schande, daß es über diesen wahren Mann des Volkes noch kein Volksbuch gibt. Vielleicht ist es für die Volksbücher noch ein wenig zu früh, Dietmar aber schreit gewissermaßen nach einem Volksbuch!

Mit dem Namen und seiner Ausdeutung könntest Du Deine Geschichte von Dietmar dem Anhanger also beginnen. Das entspräche ganz der sogenannten natürlichen Ordnung, dem sogenannten »Ordo naturalis«. Dem Ordo naturalis würde natürlich auch entsprechen, wenn Du sein Leben von seiner Geburt an erzähltest. Geboren freilich ist Dietmar nicht als Dietmar, sein Name ist das Ergebnis seines Lebens. Als er geboren wurde, war er weiter nichts als das Büble vom Bauern Asamer in Peterskirchen, der Asamer Fritz, weil er ja auf den Namen Friedrich in der Kirche von Peterskirchen getauft wurde. Ihm wurde nichts an seiner späteren Größe in die Wiege gelegt. Ihm wurde an der Wiege buchstäblich nichts gesungen … Es ist natürlich wie ein Omen, daß er, das unscheinbare Bauernbüble, justament den Namen jenes Kaisers Friedrich trug, in dessen Heer er schließlich wirklich und wahrlich zum *Dietmar* wurde. Dietmar ist also ein Übername, ein Ehrenname, so wie auch der Mönch, wenn er sein voriges Leben zurückläßt und als Novize in den Dienst eines Ordens und der Kirche tritt, einen neuen Namen erhält, einen neuen Namen und einen neuen Schutzpatron. So bist schließlich auch Du, Wernher, erst in Ranshofen und durch meinen Vorgänger im Propstenamte zum Wernher geworden, wobei auch Dein Name leider ein Argument enthält, wovon ich ja schon gesprochen habe. In Deinem Namen steckt nach dem Verständnis der »Diet«, also des Volkes, einer Volksetymologie entsprechend, die Maulwurfsgrille. Die Grille, mein Wernher, ist Dein Wappentier. An diese Volksetymologie und diese Verballhornung hat mein Vorgänger im Propstenamte aber natürlich nicht gedacht, als er Dir den schönen Namen Wernher gegeben hat. So aber, wie Du Dich von Deiner Profession entfernt hast, hast Du Dich eigentlich auch von der Profeß, dem heiligen Gelöbnis, absentiert. In jenem Augenblick aber, als diese Entwicklung absehbar war, hätte ich Dir eigentlich Deinen alten Namen nehmen und einen neuen geben müssen. Und Du weißt, daß die Verantwortlichen als unverantwortlich Gefundenen und Pflichtvergessenen immer wieder auch abfällige Namen, sogenannte Spitznamen oder Spottnamen, gegeben haben, über die die so Benannten oft todunglücklich waren, weil ihre Namen nun wie eine Warnung geklungen haben. Diese Namen haben die so Benannten stigmatisiert. Was soll man auch von einer Frau etwa, und sei es eine Adelige, denken und halten, wenn sie *Maultasch* genannt wird. Oder wie angesehen wird ein Kaufmann sein, der *Unmäßig* genannt wird. Und was ist von einem Beamten zu halten, der sich als *Bauernfeind* vorstellen muß. Oder ein Arzt, namentlich ein Chirurg, hört auf den Namen *Sagmeister*, den wird auch jeder fürchten, wenn es ans Amputieren geht, obwohl er ja nun vielleicht ein wirklicher Meister im Führen der Säge ist. Ja, es ist eine wahre Crux mit den Namen, sie sind zu starr und kleben an den Menschen. Und so heißen heute viele Schneider und verstehen nichts vom Zwirn und der Nadel, und andere heißen Schuster und können keinen Schuh doppeln geschweige denn Leder über den Leisten ziehen und einen Schuh herstellen. Sie sind höchstens im übertragenen Sinne *Schuster*, so wie man in unserem geliebten Baiern einen Stümper auf seinem Gebiet *Schuster* nennt. Es gibt so gesehen viele Schuster unter den Schneidern. Und auch mancher Mönch ist eher ein Schuster als ein Mönch. Und ich bin selbstkritisch genug, einzubekennen und zu sagen, daß halt auch mancher hohe Kirchenmann, mancher Bischof oder Abt, so dahinschustert. Selbst Geistliche handeln und reden ja oft sehr laienhaft, sind also keine Meister ihres geistlichen Faches, sondern unsichere Gesellen oder überhaupt Lehrbuben! Manchmal möchte man wirklich verzweifeln, wenn man sieht, wie viele am falschen Platz sitzen. Und mancher Mönch sitzt wirklich im Chorgestühl, als säße er auf dem Abtritt!

Ich weiß oder denke mir und kann mir vorstellen, daß Dir als einem besonderen Künstler, der Du zweifelsfrei bist, wenn ich Dir auch immer wieder Fehler vorhalten muß (ethische freilich und weniger ästhetische), meine Vorschläge betreffend den Anfang der Vita des Dietmar hinsichtlich seines Namens oder hinsichtlich seines natürlichen Lebenslaufes, mit der Niederkunft seiner Mutter und der Geburt zu beginnen, daß Dir also alle meine Vorschläge bezüglich des Primordiums und des Initiums nicht gefallen und zusagen und daß Du wahrscheinlich nicht den Ordo naturalis wählen wirst, sondern Dir einen ausgefallenen Einstieg im Sinne des Ordo artificialis, der künstlichen Ordnung also, einfallen lassen und wählen wirst. Es ist ja Mode geworden, die Geschichten in der Mitte oder überhaupt am Ende beginnen zu lassen, das heißt das Ende und den Höhepunkt und die Klimax vorwegzunehmen und als erstes zu erzählen und die Vorgeschichte erst später nachzutragen. Bitte soll sein, obwohl ich die Manier der »verzögerten Namensnennung«, wie sie allenthalben praktiziert wird, daß einem also erst nach längerer Zeit der Handlung der Held mit dem Namen vorgestellt wird, allmählich ein wenig albern finde. Auch die Prediger bedienen sich ja heute immer mehr dieses Verfahrens. Sie schildern eine Szene, als sähen sie sie von außen und wüßten nicht, um wen es sich bei den handelnden Personen handle. Sie schildern die Kreuzigung und tragen erst später nach, daß es sich beim Gekreuzigten oder den Gekreuzigten um unseren Heiland Jesus Christus, den Sohn Gottes, und zwei Schächer handelt ... Dieses Verfahren hast Du, Wernher, bereits im ›Helmbrecht‹ praktiziert. Dort hast Du nach dem kurzen Vorwort in immerhin 20 Versen von der kostbaren Haube berichtet, die ein Bauernsohn auf dem Kopf trägt, und dann eben in Vers 21 gesagt: Ein Meier hieß Helmbrecht, und sein Sohn, der auch Helmbrecht heißt, ist derjenige, von dem jetzt erzählt wird. Ich weiß nicht, ob das Staunen der Leute deshalb besonders groß ist, wenn sie lesen oder vorgetragen bekommen, daß ein einfacher Bauernsohn eine solche Kopfbedeckung auf seiner Schwarte trägt. Sicher aber ist, daß das Erstaunen der Menschen unendlich groß sein wird, wenn Du den erbitterten Kampf um Jerusalem durch Friedrich Barbarossa schilderst und die drohende Niederlage des christlichen Heeres und schließlich die Peripetie, den Umschwung, den ein ungeheuer Beherzter herbeiführt, der seinen Bundschuh auf die Lanze steckt und todesmutig in die Offensive geht und alle anderen, die Ritter und die Gemeinen, mitreißt und das Heer schließlich zum Sieg und zur Einnahme Jerusalems führt, wenn Du dann mitteilst, um wen es sich bei dem Todesmutigen, dem Tollkühnen, dem Superheroen, wie wir mit einem lateinisch-griechischen Fremdwort gern sagen, handelt, wenn Du also seinen Namen und seine Herkunft nennst, die niedere Herkunft eines so hochgesinnten Menschen, eines Menschen, der keinen Geburtsadel besitzt, sondern nur Seelenadel. Denn sicher wird jeder Leser, der Deine Kampfschilderung, den Kampf um Jerusalem, das Hauptstück Deines Epos, so etwas wie die oft besungene »Alexanderschlacht« oder auch der Kampf um Rom und um Latium zwischen Aeneas und Turnus, liest, sicher also wird jeder Leser annehmen, bei jenem Heroen kann es sich nur um einen Ritter, bestimmt sogar um einen Heerführer, vermutlich einen nahen Verwandten des Kaisers selbst oder einen der Herzoge, die im Heer waren, drehen und handeln. Es muß sich um einen Herzog handeln, wie es ja schon der Name anzeigt, einen Heerführer. Die Erwartungen werden selbstverständlich hochgespannt sein. Und jeder wird gierig sein, endlich zu erfahren, wer denn nun der Kühnste und Tapferste im ganzen Heer ist, vielleicht der Herzog von Brabant oder gar ein Kurfürst, der Kurfürst von Meißen oder auch einer der im Heer befindlichen geistlichen Führer und zugleich Feldherren. Vielleicht gar der Erzbischof von Köln oder der Pfalzgraf von Ingelheim. Und dann nach diesen Erwartungen und Vermutungen wirst Du den Namen des Superantissimus mitteilen. Es handelt sich um den Bauernsohn Friedrich Asamer, einen Müllerburschen aus Mettmach, einen Müllerburschen wohlgemerkt und keinen Obermüller. Diese Nachricht und Mitteilung wird natürlich wie ein schwerer Stein aus einer Balliste einschlagen, wie eine Bombe, wie die Italiener neuerdings die Sprengkugeln bezeichnen …

Von nun an nennen wir den Müllerburschen aber Dietmar. Und das ist auch gerade der Name, der Ehrentitel, den ihm Kaiser Friedrich nach seiner Tat verliehen hat. Dietmar aber ist wahrhaftig und buchstäblich ein wahrer und ein positiver Held. Es ist, wie gesagt, eine Schande, daß seine große Heldentat als Kreuzfahrer im Heer des ersten Friedrich aus dem vorigen Jahrhundert noch von keinem Schreiber gewürdigt worden ist. Du, Wernher, wirst Dich dieser großen Aufgabe annehmen und dieses Werk über Dietmar den Anhanger vollbringen. Mit diesem historischen Buch wirst auch Du in die Geschichte eingehen! Und dieses Dein neues Werk wird Dein früheres Werk über den Raubritter Helmbrecht nicht nur in den Schatten stellen, sondern wie eine Einübung auf Dein Hauptwerk, Dein Opus maximum, erscheinen lassen. Wernher der Gärtner, werden sie in den späteren Jahrhunderten sagen, ist der Autor der großen Epopöe von Dietmar dem Anhanger. Außerdem ist er der Verfasser des Märes, der Mär vom ›Meier Helmbrecht‹. Mit einem Diminutiv, einer Verkleinerungsform, werden sie den Helmbrecht eine Novelle nennen, Dietmar aber ein Epos wie Vergils ›Aeneis‹. Was für Rom und Vergil Aeneas ist, das ist für Ried im Innkreis Dietmar der Anhanger. Schließlich gilt er mit Recht als der Gründer Rieds in Innbaiern. Rom in Latium, Ried in Innbaiern. Und was dort der Tiber, ist hier und in unserer Geschichte die Antiesen.

Wenn Du, Wernher, Dich nun an die große Aufgabe machst, hast Du bei der Gestaltung und Darstellung im einzelnen natürlich freie Hand. Wie Du reimst, ist natürlich Deine Sache. Ein solcher Held wie Dietmar verdient freilich reine Reime! Trotzdem bitte ich Dich, einiges zu beachten. Da die Geschichte zwar von einem Baiern handelt, aber überall vorgetragen werden soll, auch in Franken und Sachsen und überall, deshalb bitte ich Dich also, das Gemeine Deutsch zu verwenden und die bairische Volksmundart zurückzustellen und zu vermeiden. Im ›Helmbrecht‹ bist Du mir zu bairisch, mein Wernher, wenn Du gleich im ersten Vers schreibst *seit* statt *sagt*: »Einer seit, was er gesicht ...« Ich erkenne an, daß Du wenigstens nicht grobmundartlich *soat* für *sagt* geschrieben hast, wie wir Baiern eigentlich sagen. Wie oft habe ich mir, selbst wenn ich über meine engere

Heimat hinausgekommen bin, wegen meiner Mundart den Spottspruch anhören müssen: *Gsoat* und *gfroat* und *auigjoat*, für *gesagt*, *gefragt* und *hinausgejagt*. Wie oft habe ich darum auch unsere Kandidaten selbst ermahnt oder durch die Lehrer für Homiletik ermahnen lassen, auf der Kanzel in der Kirche beim Predigen die Mundartwörter *soat* und *froat* zu vermeiden und die gemeindeutschen *sagt* und *fragt* zu verwenden, nicht aus Verachtung unserer Mundart, sondern aus Achtung vor den Hörern der Predigten, die ja nicht nur aus Baiern kommen, so wie auch viele Herren unter unseren Chorherren keine Baiern sind. Aber es klingt ungut zu sagen: Christus *soat* oder auch: Paulus *soat*. Besser ist es zu sagen: Christus *sagt* oder auch Christus *spricht*. Oder Paulus *sagt* im Korintherbrief … Im ›Dietmar‹ will ich also nicht mehr lesen *Einer seit* oder hören *Oaner soat*! Und statt *kemmen* soll es heißen *kommen*. Nicht I *kim* du *kimst* er *kimt*, sondern ich *komme* du *kommst* er *kommt*, auch wenn das vielleicht bei uns ein wenig fremd und in den Ohren manches Baiern ein wenig geschwollen klingt. Wenn Du also das Hohelied auf den Müllerburschen Dietmar anstimmst und singst, so bediene Dich einer Sprache, die auch außerhalb unserer bairischen Heimat verstanden wird, keinesfalls aber verwende deinen heimatlichen innbairischen Dialekt, Dein Gurtnerisch, das ja schon in Mehrnbach und Mettmach kaum noch verstanden wird. Schließlich soll Dietmar ja durch Dein Werk in allen deutschen Ländern endlich so bekannt werden, wie er es verdient. Eigentlich sollte sein Leben ja in der lateinischen Sprache aufgeschrieben werden, was recht eigentlich erst eine Weltgeltung ermöglicht. Dann könnte das Werk auch in Frankreich, in Spanien und vor allem in England gelesen und *rezipiert* werden, wie die Lateiner sagen. Schreib Du, Wernher, jetzt vorerst einmal in deutscher Sprache, im Gemeinen Deutsch also, es wird sich geben und finden, daß ich für eine Übersetzung ins heilige Latein später sorgen werde. Deine Geschichte, ich denke dabei an ein Epos von 20 000 Versen, soll also vom einfachen Müllerburschen Dietmar handeln, der sich auf dem Kreuzzug Friedrich Barbarossas, namentlich bei der Eroberung Jerusalems, ungeheuer ausgezeichnet hat, da er, als allen schon der Mut und die Kraft geschwunden war, seinen Bundschuh auf eine Lanze gesteckt und die christlichen Streiter zu einer letzten großen Anstrengung und zu jenem ultimativen Ansturm ermutigt und ermuntert hat, der schließlich zum Sieg und zur Eroberung der heiligsten Stadt Jerusalem geführt hat. Du kennst ja die Geschichte, der Du leider bisher ausgewichen bist, um Dich mit einem anderen Burschen aus dem einfachen Volk, dem Verbrecher Helmbrecht, zu befassen. Liebend gern, mein Wernher, hätte ich aber hingenommen und toleriert, wenn Du um des großen Dietmars willen Deine Gärtnerspflichten vernachlässigt hättest. Helmbrechts wegen haben mich Deine Brennesseln heiß werden und Deine Sauerampfer sauer werden lassen. Dietmars Geschichte, des braven und frommen Dietmars Leben, hätte mir alles Unkraut und alle sauren Wiesen versüßt. Aber nun, vom Garten haben wir genug geredet.

Für die Zukunft aber, Deine Arbeit am Anhanger, gebe ich Dir einige Ratschläge und Hinweise mit auf den Weg. Von der Sprache habe ich begonnen zu reden. Sage und schreibe also bitte in Deinem präsumptiven Werke nicht *Ös* für *ihr* und *enk* für *euch*, wie wir in Baiern sagen und wie es in der Urschrift Deines ›Helmbrecht‹ steht. Du schreibst ja sicher nicht für die untergegangenen Goten, mit denen sich die Baiern diese alten Dualformen für die 2. Person des Plurals teilen. Schreibe *ihr* und *euch*. Und für die Mühle schreibe *Mühle* und nicht das bairische *Quern* oder *Kürn*. Wenn Du also den alten Sänger vom *Kürnberg*, den *Kürnberger* einführst und vorkommen läßt, was ich mir vorstellen kann, weil er in diesem Zusammenhang eine Rolle spielen könnte, dann nenne ihn und deutsche ihn ein als *Mühlberger*, die übrigen *Kürner* nenne *Müller*. Meinetwegen etwas bairischer *Müllner*. Nicht lesen möchte ich auch in Deinem Buche *Ertag* oder *Pfingstag*. Statt *Ertag* schreibe bitte *Dienstag* und statt *Pfingstag* setze *Donnerstag*. Das weiße kragenlose Hemd des Helden Dietmar soll auch wirklich *Hemd* und nicht urbairisch und urbäurisch *Pfait* – wenn nicht gar *Pfoat* – genannt werden und heißen. Auch von *Göd* und *Mauth* und *Dult*, *teng* für *links* möchte ich nicht lesen. Sicher haben in dem großen Heere des Friedrich Barbarossa die Baiern bairisch geredet, der Kaiser selbst aber als Schwabe natürlich schwäbisch. Er hat bekanntlich auf gut Schwäbisch nicht vom Kreuzzug, sondern entsprechend der schwäbischen Vorliebe für Verkleinerungsformen vom »Kreizzigle« gesprochen.

Kreizzigle, mein Wernher, das klingt kurios und niedlich und in unseren Ohren seltsam und merkwürdig. In Wahrheit und in Wirklichkeit handelt es sich bei den Kreuzzügen aber um keine Kleinigkeiten. Für jenen Teil, mein Wernher, in dem Du von den unendlichen Leiden der Kreuzfahrer handeln wirst und von den Entbehrungen der Anreise, die unser Dietmar auf sich genommen hat, magst Du Dich gern auch an den Tannhäuser, den ich schon in anderem Zusammenhang nennen mußte, halten, der diese Leiden, namentlich auch der Schiffahrt, beschreibt. Freilich bitte ich Dich, nicht in den Pessimismus des Tannhäusers wie auch des Neidhart zu diesem Thema zu verfallen, sondern die Begeisterung des Anhangers, seinen heiligen Eifer für die gute Sache herauszustellen, des zum Märtyrertum Bereiten. Der Tannhäuser schreibt ja nun leider nicht nur anschaulich von den Widrigkeiten, den Widerwärtigkeiten und Anstrengungen der Fahrt, sondern auch sehr abfällig vom Ergebnis, obwohl auch der Kreuzzug, an dem er teilgenommen hat, doch nicht ohne Glanz ist. Nicht ohne Glanz und Gloria dank Dietmar dem Anhanger ist ganz bestimmt der Kreuzzug im Jahre 1189! Die Heldentat Dietmars strahlt hell, sie strahlt deshalb so hell, mein Wernher, weil die Umgebung und die Umstände, unter denen er sie vollbracht hat, von einer großen, einer schier unendlichen Düsterheit und einer pechschwarzen Finsternis sind. Eine der ganz großen Finsternisse ist freilich der Tod des Kaisers im Flusse Saleph. Wenn Du aber nun diese Geschichte des Kreuzzuges erzählen wirst, Wernher, dann bitte ich Dich, den Kardinalfehler aller Schreiber von heute zu vermeiden, nämlich in den Pessimismus zu verfallen und Dich allzu lange beim Tod des Kaisers oder den vielen anderen Toten des Kreuzzuges aufzuhalten. Natürlich war der Badeunfall des hohen Herrn ein einschneidendes Ereignis, aber das Leben ging weiter und der Kreuzzug zog weiter. So bitte ich Dich inständig, die gute alte Regel der lateinischen Poetiker zu beachten und zu erfüllen, daß das Dunkle und Schwere zwar zu erwähnen ist und nicht unterdrückt werden soll, daß es aber nur im Kontrast zum Hellen, von dem die Welt als die Schöpfung Gottes voll ist, dargestellt werden darf. Die Melancholie ist nicht verboten, geboten aber ist vor allem, sie nicht überhandnehmen zu lassen. Nicht der Tod, sondern das Leben hat das letzte Wort! Es hat keinen Sinn, wenn so viele Autoren, die sich mit dem Tod des Kaisers befaßten, tief ins Meer der Trauer eingetaucht, ja, in diesem Meer untergegangen sind. Bis zu den Knöcheln, schreibt einer, Anselm von Reichstätt, seien die Ritter nach dem Tod ihres Herrn in Tränen gestanden, ein anderer, Gulf von Winheim, läßt den Tränenstrom gar bis zu den Knien schwellen. Die Tiefe dieser Zährenbäche wird nur noch übertroffen von der Tiefe der Blutströme der Heiden, in denen die christlichen Ritter nach den Schlachten waten. Hunderttausende sollen es gewesen sein, hunderttausende Krieger des verhaßten Saladin, die getötet worden sind. Wer soll das glauben! Bitte, mein Wernher, nicht übertreiben. Nicht im Pessimismus baden und nicht übertreiben. Weg mit den Hyperbeln! Die Kirche im Dorf lassen! Diese Regeln muß ich Dir auf Deinen Weg mitgeben, das will ich Dir auftragen. Und der Held Deiner Geschichte ist nicht der im Saleph ertrunkene Kaiser, sondern Dietmar der Anhanger, dem die christlichen Ritter die Einnahme von Jerusalem verdanken, Dietmar der Müllerbursch. Das heißt auch, daß Du einige Fehler, die Du in Deiner ›Helmbrecht‹-Dichtung begangen hast, diesmal unbedingt vermeiden mußt. Verabschiede Dich von Deiner Schwermut und Deiner Melancholie. Dietmar der Anhanger, der positive Held Deiner ruhmreichen Geschichte, möge Dich beim Schreiben über ihn beflügeln und inspirieren, das heißt, Dir seinen Geist und seine Strahlkraft eingeben und einhauchen, er möge Dich in jener Weise umstimmen, wie er die mutlosen und defätistischen Ritter vor Jerusalem umgestimmt und in Eifer gesetzt und animiert und stimuliert hat, daß Du abläßt von Deiner immerwährenden Trauer und Bitterkeit. Heiterkeit statt Bitterkeit heißt die Devise. Hilaritas, nicht Amaritudo, das ist Bitterkeit, soll sinngemäß auf Deinem Banner als Devise stehen. Und diese Devise soll, bildlich gesprochen, nicht nur einen Teil Deines Wappenschildes besetzen, wie es die Herkunft des Wortes Devise von *dividere* nahelegt, sondern den ganzen Schild in toto beherrschen. Hilaritas. Freut euch, und nochmals sage ich euch: Freuet euch, wird uns am Sonntag Gaudete entgegengerufen. Und das soll auch das Motto Deiner Epopöe werden. Heiterkeit sei Dein Banner und Traurigkeit verbannt! Zum Heiterkeitsthema passend könntest Du gerne den Beginn des Kreuzzuges und die Ankunft des Kreuzfahrerheeres in Ungarn und den königlichen Empfang des Kaisers durch den ungarischen König Bela III. prächtig schildern, das herrliche Zelt mit den vier Kammern, das die Königin Margarete dem Kaiser bereiten ließ, und auch die Jagd auf der Donauinsel Csepel südlich von Budapest darstellen, die der ungarische König dem Stauferkaiser ausgerichtet hat. Dabei bitte ich Dich, nicht in den Chor jener kritisierenden Chronisten einzustimmen, die das Geschenkeannehmen des Kaisers als mit seinem Status als Kreuzfahrer unvereinbar bezeichnen. Wer dem allerchristlichsten Kaiser huldigt, huldigt in seiner Person immer auch Christus selbst und Gott, da er doch von Gottes Gnaden sein schweres Amt verwaltet.

Hüte Dich, Wernher, beim Schreiben der Lebensgeschichte Dietmars des Anhangers vor dem Kreuzzugsbericht, den der österreichische Autor Ansbert verfaßt hat, der zwar an jenem Kreuzzug teilgenommen und aus eigener Anschauung berichten konnte, aber so vieles übersehen und für nicht mitteilenswert gehalten hat, was uns gerade interessieren würde. Er, Ansbert, weiß nichts von Dietmar, er erwähnt keinen Anhanger. Ich kann mir das nur so erklären, daß er eine gewisse Abneigung gegen uns Baiern hatte, wie sie in Österreich üblich und Brauch ist. Wohl erwähnt er den Bischof Diepold von Passau, der wie so viele vor Akkon »den Weg allen Fleisches« gegangen sei, wie er sich ausdrückt. Diepold erwähnt er, nicht aber Dietmar! Und wenn er Diepold erwähnt, so sicher deshalb, weil er ein naher Verwandter des Kaisers selbst war, »der aus kaiserlicher Familie stammte«, schreibt Ansbert. Diepold also konnte er wegen seines Ranges nicht übergehen, den tapferen einfachen Mann, den Müllerburschen Dietmar aber unterdrückt er und verschweigt er. Ich, Konrad von Burghausen, bin nobel, ich hasse es aber, wenn die Historiographen und Chronisten die Nobilität zum einzigen Maßstab ihres Referates machen. Es gibt genug Untaten von Hohen und Großtaten von Niedrigen, und nur das Ethos einer Tat und Leistung sollte den Schreiber bestimmen und seine Wahl steuern, was er nun für der Mitteilung wert und was des Referates unwert befindet. Das Nationale aber darf nach meinem Verständnis gar keine Rolle spielen, die Vorliebe eines Schreibers für ein Volk, namentlich das eigene, und die Abneigung gegen ein anderes, fremdes Volk. So ist es für Ansbert auch sehr bezeichnend, daß er den Kreuzzug Barbarossas mit Akkon enden läßt, obwohl ja nun später der französische König und Prinz Richard Löwenherz von England, dem die Österreicher bei seiner Rückkehr so übel mitgespielt haben, den Kreuzzug fortgeführt und Jerusalem erreicht haben. Das aber interessiert den Österreicher Ansbert nicht mehr. Statt dessen aber versorgt er uns mit sehr prekären Mitteilungen über die Beerdigung und Beisetzung des Leichnams Barbarossas. Die Ritter, schreibt Ansbert, haben den toten Rotbart zunächst nach Tarsus, in die Heimat des Apostelfürsten Paulus, gebracht, wo man ihm die Eingeweide entnommen und diese bestattet habe. Von dort aber habe man den eingeweidelosen, den ausgeweideten Leichnam des verehrten Kaisers nach Antiochia gebracht, wo man ihn ausgekocht und das Fleisch so von den Knochen getrennt habe. Die Fleischteile wurden feierlich in Antiochia bestattet, die Knochen aber hoffte man nach dem endgültigen Sieg im heiligen, im allerheiligsten Jerusalem beizusetzen. An ein Grab in der heiligen Grabeskirche haben die frommen Ritter gedacht! Man hat mit den Reliquien aber wohl nur noch Akkon erreicht, wo die Pest und andere Krankheiten das Kreuzfahrerheer mehr als dezimierten. So mögen die Knochen des Kaisers in einem oder auch zerteilt in mehreren Beinhäusern oder Karnern um Akkon verstreut liegen, wenn sie nicht schon früher in Tyrus der geweihten

Erde übergeben worden sind. So genau weiß es ja niemand, auch nicht Ansbert. Auch der Arm des Bischofs Gottfried von Würzburg, der vor Akkon gestorben, den man auf seinen testamentarischen Befehl hin nach seinem Tod vom Rumpf trennte und nach Würzburg bringen sollte, hat sein Ziel nie erreicht und ist unterwegs verlorengegangen. Gottfrieds Hand ist abhanden gekommen! Gottfrieds Arm ist »verarmt«! Ach, hätten wir diese kostbare Reliquie in einem der Schreine unter unseren Altären! Dies und vieles andere hat uns Ansbert mitgeteilt, nichts aber hat er aus Abneigung gegen uns Baiern von Dietmar berichtet.

Von Dietmar dem Anhanger zu berichten und seinen Ruhm zu mehren, ist nun, Wernher, Deine Aufgabe. Du mußt, es so zu sagen, Ansbert fortschreiben, also dort beginnen, wo der schweigsame Österreicher aufhört, in Akkon nämlich. Du mußt Dich über den Fortgang des Kreuzzuges und vor allem über die Schlacht um Jerusalem kundig machen, in der der Anhanger sich bewährt hat, so daß er schließlich vom bairischen Herzog Ekbert, der schon besiegt schien und darniederlag, gewissermaßen unter der Fahne begraben, und den der Bauer und Müller Dietmar, weil Gefahr in Verzug war, substituierte, als er seinen Bundschuh auf eine Lanze heftete und mit diesem Feldzeichen und Banner die Baiern in den Kampf und zum Sieg führte, ausgezeichnet und belehnt und geadelt und mit Gütern in unserem Distrikt, namentlich beim großen Ried in Innbaiern, beschenkt wurde. Das alles ist nun freilich über siebzig Jahre her, aber noch leben Leute, die den Anhanger persönlich gekannt haben, und seine Enkel und Urenkel sind in Ried in sein Erbe eingetreten. Diese mußt Du besuchen und von ihnen erfragen, was Dir die Bücher und die Chroniken, namentlich Ansbert verschweigen. Das ›Anhanger‹-Buch ist der wahre Gegenentwurf zur ›Helmbrecht‹-Geschichte.

Ging es Dir im ›Helmbrecht‹ darum zu zeigen, wohin es führt, wenn sich ein Bauernlümmel überhebt und den Ritter spielt, so wird es im ›Anhanger‹ darum zu tun sein, wie es sich darstellt, wenn ein Subalterner und Niedriger eine große Tat vollbringt, im Morgenland gewissermaßen das Abendland rettet und nun seinen Stand verläßt, nicht aber aus Überheblichkeit, sondern durch die Gunst und Gnade des Herzogs, ja des Kaisers selbst, der hinter dem Herzog steht. Helmbrecht wird bitter bestraft, weil er anmaßend ist, Anhanger wird belohnt, weil er ohne Aufhebens eine ritterliche und keine Raubrittertat vollbringt, wo die Ritter versagten und ausfielen, dort ist er eingesprungen.

Du mußt den Anhanger als einen glaubensstarken und kirchentreuen Menschen beschreiben. Er ist an seinem Gott auch nicht irre geworden, als Kaiser Friedrich im Salephfluß ertrank, weil er, wie es heißt, gegen die Strömung schwimmen wollte. Barbarossa hat das Gebot des Jesus Sirach vernachlässigt: Du sollst Dich nicht der Strömung entgegenstellen! Andere im Heer der Ritter und im mitziehenden Troß der Wallfahrer und Morgenlandfahrer, die das Kreuz genommen hatten, rissen es von ihrer Brust und warfen es aus Verzweiflung von sich, weil sie an der Gerechtigkeit Gottes verzweifelt sind. Auch Ansbert schreibt, daß viele der Kreuzfahrer ihren Glauben weggeschmissen und sich an den Götzendiensten und Afterriten der Feinde beteiligt haben. Es gab eine große Desertion in militärischer und in theologischer Hinsicht. Häßliche Heterodoxien und Apostasien! Und viele haben aus Verzweiflung über den schmählichen Tod des Kaisers ihrem Leben ein Ende bereitet. Nach dem Exitus des Kaisers eine Orgie des Suizidalen! Der Anhanger aber ist bei seinen Überzeugungen geblieben und wurde standhaft erfunden. Er hat sich nicht selbst entleibt und er hat auch nicht an heidnischen Bräuchen teilgenommen. Er hat nicht sich, sondern manchen Heiden entleibt! Er gehörte am Ufer des Saleph zu jenen, von denen Ansbert schreibt, daß sie sich an das Klagelied des Propheten erinnert und gehalten haben: Die Krone ist uns vom Haupte gefallen. Weh uns, daß wir gesündigt haben! Deshalb ist krank unser Herz! Und der Anhanger hat auch sicherlich auf der Stelle dem Herzog von Schwaben, dem Sohn des verstorbenen Kaisers, akklamiert, als er zum Führer des Heeres auserkoren und ausgerufen wurde.

Rehabilitiere die Baiern, Gärtner! »Er ist ein törichter Baier!«, wie oft werden wir Baiern uns diesen Satz aus dem Sommerlied 22 von Neidhart von Reuenthal, den er über seinen Gegner Engelmar sagt, noch anhören müssen, leider ist er zum geflügelten Wort geworden! Und wie Engelmar kriegen die Baiern, sagt Neidhart, das Schandmaul, nicht genug, wenn er sich auch ein wenig feiner, aber um so ironischer ausdrückt: »Er kann sich keiner Dinge mäßigen ...«! Ein Baier selbst also, Neidhart nämlich, mußte kommen, um die Baiern in dieser Art zu schmähen. Sicher hat Neidhart, weil er in Österreich sein Glück gemacht hat, seinen neuen Herren mit dieser Baiernschmach einen Gefallen tun wollen und nach dem Munde, nach dem österreichischen Maule reden wollen! Damit hat er den Beweis erbringen wollen, daß er ein echter Österreicher geworden ist. Man weiß ja, daß die sogenannten Konvertiten und Mutanten die Altgläubigen und Orthodoxen, die Angestammten gern übertreffen wollen. Leider, mein Wernher, hast aber auch Du mit dem ›Helmbrecht‹ dem Ansehen Deiner innbairischen Heimat und Baiern im großen keinen Dienst erwiesen, denn die Gegner Baierns sehen in ihm eben vor allem den Baiern, den bairischen Bauern. So treiben sie es in Baiern! Wie oft habe ich diesen Satz gerade auch im Zusammenhang mit Deiner Geschichte gehört: Die Baiern sagen ja selbst, wie es bei ihnen zugeht! Du, Wernher, ein Baier, hättest im ›Helmbrecht‹ sagen müssen, daß es sich bei ihm um eine Ausnahme handelt. Die Regel aber ist die bairische Rechtschaffenheit, wie sie in der Literatur schließlich auch schon zum Ausdruck kommt. Vor fast zweihundert Jahren, genauer gesagt um 1080, hat der Dichter des ›Annoliedes‹, dieser Hymne auf den heiligen Bischof Anno von Köln, bereits über die Baiern geschrieben, daß sie rechtschaffen und kampfbereit sind, bereit, für das Gute einzustehen. Er lobt nicht nur die starken bairischen Schwerter aus norischem Eisen, die wie kein anderes Schwert zubissen. Das Volk der Baiern selbst besaß stets große Tapferkeit, schreibt der leider unbekannte Dichter, und damit hat er sicher recht. Ob es auch stimmt, daß wir aus Armenien herstammen, wo auf dem Berg Ararat die Arche des Noah gelandet oder gestrandet ist und wo man noch ihre Spuren und Überreste besichtigen könnte, bleibe dahingestellt. Jedenfalls hat es der ›Annolied‹-Dichter mit uns Baiern im Gegensatz zu den wankelmütigen Sachsen gut gemeint! Gott hab ihn selig! Und Dietmar der Anhanger hat hundert Jahre nach dem ›Annolied‹ dieses gute Urteil über die Baiern bestätigt. Und Du wirst es mit Deinem Buch erneuern!

Deine Dietmargeschichte wird so auch eine Wiedergutmachung für die ›Helmbrecht‹-Geschichte. Denn die ›Helmbrecht‹-Geschichte, ich habe es schon angedeutet, hat den Eindruck von den räuberischen und verdorbenen Baiern leider nicht widerlegt, sondern bekräftigt und bestärkt. Du hast damit den Feinden unserer bairischen Heimat zugearbeitet, Du hast ihnen Munition geliefert. Du, ein Baier, hast damit bestätigt, was Konrad, der österreichische Dichter des ›Nibelungenliedes‹, über die Baiern Negatives und Abfälliges gesagt hat. Du, mein Gärtner, weißt besser als ich, was in jenem ›Nibelungenlied‹ im 21. Abenteuer über die Baiern geschrieben steht. Der österreichische Markgraf Rüdiger von Pöchlarn muß den Zug der Braut des Königs Etzel, der burgundischen Prinzessin Kriemhild, der Witwe Siegfrieds, durch Baiernland begleiten und Geleitschutz geben, weil in diesem Baiernland bekanntlich die ärgsten Räuber und Wegelagerer ihr Unwesen treiben!»Nach ihrer Gewohnheit«, schreibt Konrad,»ihrer Gewohnheit entsprechend!« Als sei das Ausrauben und die Raubritterei ein alter bairischer Volksbrauch! Eine Gemeinheit ist diese Behauptung von der Gemeingefährlichkeit der Baiern!

Ich, o Wernher, verlange nicht, daß einer nur lobt und zu lügen beginnt, wenn es um sein Mutterland geht, und ich bin jenen von Deinen Gegnern, die Deine Geschichte als eine »Nestbeschmutzung« bezeichnet haben, immer entgegengetreten, aber als eine Hymne auf Innbaiern kann ich den ›Helmbrecht‹ auch nicht lesen. Nicht Häme, aber keine Hymne! Mit der Dietmargeschichte aber kannst Du diese Scharte nun gründlich auswetzen, indem Du der staunenden Welt einen großen Baiern vor Augen stellst, ein urbairisches strahlendes Mannsbild, einen Bauern, einen Müller, einen Helden, einen wahren Helden. Und damit machst Du gut, was Deine Vorbilder Neidhart von Reuenthal und Wolfram von Eschenbach am Baiernbild gesündigt haben. Ja, auch Wolfram von Eschenbach hat unserem Ansehen in der Welt keinen Dienst erwiesen, wenn er die Baiern ebenfalls für Räuber hält und ein gemeingefährliches Volk.

Mit seinem Bundschuh als Fanal, als Fahne und Wimpel, hat Dietmar vor den Mauern von Jerusalem sein großes Werk begonnen. Wie unendlich ungerecht ist es deshalb, wenn man den bairischen Ritter in vielen Dichtungen als den »Kameraden Schnürschuh« bezeichnet, als sei er ständig mit seiner Adjustierung beschäftigt und von der Pflege seiner Bärlappen, Bund- und Schnürschuhe und Dichlinge ganz okkupiert, so daß er nicht mehr zum Kämpfen kommt. Bar- und bloßfüßig ist der Innbaier Dietmar gegen Jerusalem gestürmt, mit offenem Visier. Und obwohl wir über seinen Schlachtruf nichts wissen, dürfen wir getrost annehmen, daß er nicht wie Wolframs König Amfortas in seiner Jugend »Amor!« gerufen hat. Ist es vermessen, wenn wir annehmen, daß er mit dem Ruf »Baiern« oder auch »Ried« in den Kampf gezogen ist, oder aber wie die frommen Ritter im ›Ludwigslied‹ mit dem Ruf »Kyrie eleison«! Denn in gewisser Weise hat mit seiner Initialzündung ja auch eine Messe begonnen, ein Offertorium, eine Opferung, eine Verwandlung, eine Kommunion und ein Schlußevangelium. Ich, mein Gärtner, würde es sehr begrüßen, wenn Du diesen heiligen Kampf um Jerusalem im Kleide und in der Gestalt einer liturgischen Handlung darstellen würdest. Wenn es Dir gelänge, hinter der Vordergründigkeit eines Gemetzels die Messe zu transparieren. Aber Du hast natürlich freie Hand.

Mit Deinem Buch über Dietmar wirst Du, mein Gärtner, auch andere Vorurteile gegen uns »törische Baiern« abbauen, vor allem jene, die darin gipfeln, daß wir immer daheim hocken und nicht fähig sind zum Kämpfen, weil es uns an Schneid fehlt. Die Geschichte vom schneidigen Müllerburschen wird diese Gerüchte auf Nimmerwiedersehn hinwegfegen. Sie wird beweisen, daß wir Baiern uns viel gefallen lassen, daß aber auch unsere Geduld einmal ein Ende hat. Denn freilich hätten wir schon früher und öfter dreinhauen sollen. So hätten wir uns auch nicht gefallen lassen sollen, daß die Franken vor über fünfhundert Jahren unseren Herzog Tassilo, den Gründer des Klosters Kremsmünster, so schmählich und schimpflich behandelt und uns Baiern unter ihre fränkische Kuratel gestellt haben. 788 haben sie den braven Tassilo abgesetzt und die Baiern der fränkischen Herrschaft unterworfen. Man nennt uns fromm und gottergeben und meint mit diesem fromm und gottergeben oft nichts weiter als faul und untätig und gleichgültig. Du aber wirst mit der Dietmargeschichte zeigen, was es heißt, fromm zu sein, und daß Frömmigkeit auch Tüchtigkeit und Tatenfreude bedeutet. Nicht nur damit Du Dich in Zukunft ganz Deiner Schreibarbeit und den Vorarbeiten für diese Schreibarbeit am ›Anhanger‹ widmen kannst, werde ich Dich von Deinen Aufgaben als Stiftsgärtner in Ranshofen entbinden. Du sollst ohne schlechtes Gewissen wegen der Vernachlässigung und Verwahrlosung der Gärten in Deinem literarischen Gärtchen arbeiten und werken dürfen. Ich werde Dir einen Platz in unserem Skriptorium zuweisen und die dort bereits mit Abschreibarbeiten und Herstellen von heiligen Texten Beschäftigten auf Dich, ihren neuen Mitarbeiter, vorbereiten. Einer solchen Vorbereitung wird es freilich bedürfen, damit Du nicht nur aufgenommen, sondern auch akzeptiert wirst. Ich weiß um die große Eifersucht gerade unter unseren Schreibern. Wie oft muß ich gerade in der Schreibstube, die mir häufig wie eine Kinderstube vorkommt, intervenieren, ja dazwischenfahren. Jeder der Schreiber will der beste sein, die reinste Tinte und die beste Feder haben, die schönste Initiale gezeichnet und die Buchstaben am besten rubriziert haben. Nicht nur daß sie ihr eignes Schreibwerk und ihre eigene Schreibarbeit immer als die beste und schönste rühmen, haben sie leider auch die Unart, die Arbeit der anderen, der Mitschreiber, zu denunzieren und schlechtzumachen. Das soll ein O sein, sagen sie spöttisch angesichts der Schrift des Nachbarn. Du willst uns wohl ein X für ein U vormachen. Sie werden auch Dich, mein Wernher, nicht sofort und vorbehaltlos akzeptieren. Sicher wird sie stören, daß Du eine andere Art von Literatur schreiben wirst als sie, die sie reine Diener am Wort und eben Abschreiber sind. Du aber sollst, wie es mit einem lateinischen Worte heißt, kreativ schreiben.

Das Kreativschreiben aber ist in ihrer Schreibwerkstatt unerhört und vorerst einmal suspekt. Haben sie Dich früher verachtet, weil Du statt den Garten zu pflegen den ›Helmbrecht‹ geschrieben oder Dich auf Lesereise befunden und abwesend warst, so wird ihnen nun sicher nicht schmecken, daß Du nicht wie sie abschreibst. Ich höre schon das Spott- und Schimpfwort »Dichter«. Und stören wird sie sicherlich auch, daß Du vorerst überhaupt weniger schreiben als lesen wirst, wenn Du Dich auf die eigentliche Schreibarbeit an der Vita des Anhangers vorbereitest. Dieser Vorarbeiten aber bedarf es. Du mußt Dich vor allem über die Müllerei, das eigentliche Handwerk und Gewerbe des Dietmar, kundig machen. Hier mußt Du nachholen, was Du im Zusammenhang Deines ›Helmbrecht‹ versäumt hast. Ich habe Dir mit dem ›Hortus deliciarum‹ der Herrad von Landsperg ja bereits früher einen Literaturhinweis gegeben. Nicht nur sogenannte Zeitzeugen und Erinnerungsträger wirst Du befragen müssen, sondern auch sehr viel bibliographieren. Bitte denke an das Literaturverzeichnis! Ordne die Bücher nach dem Alphabet der Anfangsbuchstaben ihrer Verfasser! Eines Deiner Hauptfächer wird die Geographie sein, damit Du den Weg des Kreuzzugs nachzeichnen kannst.

Für Deine Stelle als Gärtner werde ich unter den vielen, vielen Brüdern, die das Stift ja kaum beherbergen und beschäftigen kann, leicht einen Ersatz und Nachfolger finden. Dich, Wernher, bitte ich, Dich hinfort nicht mehr als »Wernher der Gärtner« zu bezeichnen. Du bist kein Gärtner mehr, wie Du eigentlich nie ein richtiger Gärtner, ein Gärtner mit Leib und Seele gewesen bist. Bei der Aufnahmeprüfung für Deinen Nachfolger als Gärtner werde ich, gewitzigt geworden durch bestimmte Erfahrungen, diesmal natürlich besondere Sorgfalt obwalten lassen. Es ist, wie Du weißt, in den Klöstern der Brauch, daß für gewisse Tätigkeiten sogenannte Analphabeten herangezogen werden. Das geschieht aber keinesfalls deswegen, weil diese zu sonst nichts zu gebrauchen sind, sondern im Gegenteil, weil der Mangel und die Unfähigkeit in gewissen Fällen ein Vorteil ist. Schreibunkundige eignen sich etwa ganz besonders als Überbringer und Boten von geheimen schriftlichen Nachrichten, weil sie sozusagen von Natur aus verschwiegen sind. Geheimnisse, die sie nicht kennen und nicht kennen können, können sie auch nicht ausplaudern. Kurzum, ich habe die Absicht, auch für die Stelle des Gärtners mich diesmal unter den Schreib- und Leseunkundigen umzusehen. Und ich verspreche mir davon einige Vorteile oder doch die Vermeidung von Nachteilen, wie sie sich gerade in Deiner Berufung auf jene Stelle gezeigt haben. Ich suche einen guten Gärtner, einen Gärtner, der sich für die Gärtnerei nicht zu gut und schade ist. Ich brauche einen Arbeiter und keinen Philosophen, einen Handwerker und keinen verhinderten Geistwerker und Intellektuellen. Das heißt nun nicht, daß der Gärtner unintelligent sein soll, im Gegenteil, er muß, um intelligent in unser Deutsch zu übertragen, »einsichtig« sein, das heißt ein Einsehen haben, aber es muß eben eine gerichtete Intelligenz sein, gerichtet auf die Flora, eine florale und vegetative Intelligenz halt. Er muß das Gras wachsen hören, er muß die Pflanzen und Bäume lieben und umarmen und ihnen gut zureden, wie der heilige Antonius von Padua zu den Vögeln des Himmels gepredigt hat. Auch von dem jüngst verstorbenen Giovanni Bernardone, den sie auch Francesco nennen, wird Ähnliches berichtet und erzählt. Selbst die stummen Fische hörten ihm andächtig zu. Sie loben Gott, indem sie Blasen aus ihrem Mund im Wasser aufsteigen lassen. Die ganze Schöpfung, mein Wernher, liegt in Geburtswehen, und ein Gärtner ist in meinem Verstande auch eine Hebamme der Natur, ein Geburtshelfer. Er leitet die Geburt ein und er entsorgt die Nachgeburt! Dazu braucht er nicht lesen und schreiben können, ja zuviel Lese- und Schreibinteressen könnten eher hinderlich sein. Ich halte nichts davon, daß man die Konventualen mit Gewalt und Zwang an ihre Arbeit bindet, Du weißt, es gibt Äbte, die nicht nur ihre Bücher in den Skriptorien, sondern auch die Schreiber anketten, und Du weißt auch, daß an manchen Höfen, auch an der Kurie in Rom, Sänger verschnitten und durch Kastration in ihrer Stimmlage erhalten werden, und Du weißt auch, daß sich Heilige nach dem Beispiel eines Kirchenvaters selbst entmannt haben, um der ungeteilten Hingabe, Enthaltsamkeit und Askese genügen zu können, von all diesen modernen »Methoden«, das heißt in unserer modernen deutschen Gegenwartssprache *Wegen*, halte ich als Baier, Burghausner und Mensch nicht viel, diese Wege scheinen mir nicht gangbar oder gehwürdig, es muß alles in Freiheit und Freiwilligkeit geschehen, doch ein wenig wird die Natur die Gnade unterstützen dürfen, wie die Theologen sagen, und das mag gern für einen Analphabeten im Gärtneramte sprechen.

Ich wünschte mir als Gärtner und Schaffner einen Menschen wie den Gerhard, den Bruder des heiligen Bernhard von Clairvaux. Auch er, der Bernhard in der Klosterführung in vieler Hinsicht behilflich war, scheint ein Praktiker und kein Theoretiker, wenn vielleicht auch kein Analphabet gewesen zu sein. Noch wird ja heftig gestritten, was Bernhard in seiner ergreifenden Totenklage auf den Bruder, die er seiner 26. Predigt über das Hohelied unterbrechend einfügt, genau gemeint hat, wenn er von dem leider verstorbenen Bruder, den er in allem preist und rühmt, sagt: Non cognovit literaturam. Das muß nicht bedeuten, daß er ein Analphabet gewesen ist. Es kann auch sein, daß literatura litera ersetzt, also den Buchstaben, von dem Paulus im 2. Korintherbrief 3,6 schreibt, daß er tötet, während es der Geist sei, der lebendig mache und Leben spende: Litera occidit, spiritus autem vivificat! Ein Mensch von spirituellem Format, mein Wernher, hat sicher anderes und Besseres zu tun, als Romane zu lesen oder auch Romane zu schreiben. All das müßige Literaturzeug, all die Liebesgeschichten und Artusromane, all die Minnegedichte und Schwänke und Fastnachtsspiele und was halt heut so geschrieben und gelesen und gehört wird, ist hier sicher gemeint: Tote, nein tötende Buchstaben. Der lebendigmachende Geist aber ist nur in den heiligen Schriften, in den vom Geist inspirierten Schriften. Gott selbst muß schreiben oder schreiben lassen, sonst kommt nichts Rechtes heraus. Die eitlen Menschen und Autoren kritzeln nur und schrifteln sinnlos und geistlos dahin.

Ich suche einen Bruder wie Gerhard. Gerhard war freilich nicht nur Laienbruder in Clairvaux, er war auch der leibliche Bruder von Bernhard. Meine Brüder in Burghausen eignen sich leider nicht für den Klerus. Gerhard aber war für Bernhard ein ganz besonderer Glücksfall. Er hat ihm viele Besucher und viele Belästigungen und Ablenkungen vom Leib gehalten. Er war so etwas wie ein Sekretär des Abtes. »Das Schrifttum kannte er nicht«, schreibt Bernhard über seinen verstorbenen Bruder, »aber er hatte einen Sinn, der ihn die Schriften verstehen ließ, er hatte den Geist, der ihn erleuchtete.« Er war somit, wenn kein Analphabet, doch ein Illiterat. Und ein unvergleichlicher Praktiker. So schreibt Bernhard über ihn: »Den Steinmetzen, den Schmieden, den Bauern, den Gärtnern, den Schustern, den Webern war er unbestritten der Lehrmeister.« Ist dies nicht eine Umschreibung für einen »homo universalis«, wie die Römer, einen »Polyhistor«, wie die Griechen gesagt hätten? Und er war bescheiden, ja geradezu weise, weil er sich eben nicht weise vorkam und keinen Dünkel kannte! Er wußte wie Sokrates, der griechische Philosoph, daß er nichts wußte. Viele wissen das nicht, gerade die sogenannten Gelehrten wissen es leider meistens nicht! Für ihn galt nicht das Wehe des Jesaia: »Wehe euch, die ihr weise in euren eigenen Augen seid!« Das erinnert mich an einen Satz, den ich in Baiern bei einfachen Leuten oft gehört habe: Gar zu gescheit ist auch dumm! So wird hierzulande Jesaias Mahnung umschrieben. Wie wahr! Wie sympathisch, wie gewinnend macht die Totenklage auf Gerhard den heiligen Bernhard. Und es ist gar nicht ohne guten Sinn, wenn einige Biographen meinen, Gerhard sei genauso ein Heiliger wie Bernhard selbst, ja einige, die Bernhard seine Aufrufe zum Kreuzzug übel auslegen, halten den zurückhaltenden Gerhard sogar für den eigentlichen oder den größeren Heiligen, mag er auch nicht kanonisiert, das heißt von der heiligen Mutter Kirche offiziell als Heiliger eingesetzt und anerkannt sein. Vielleicht gilt wirklich, daß Übereifer für Gottes Reich den Bernhard verzehrt hat. Verzehrt, und in gewisser Weise leider auch verzerrt! Vielleicht hätte er auch in diesem Punkte auf Gerhard, seinen Ratgeber, hören sollen. Doch sind es in meinen Augen lautere, weil fromme und christliche Motive, die Bernhard bei seinen Kreuzzugspredigten bestimmt und beseelt haben. Und seine Ideen waren es letztendlich auch, die uns Innbaiern die Lichtgestalt Dietmars des Anhangers beschert haben, der als einfacher Mensch wie der große Kaiser Friedrich das Kreuz genommen und das schwere Kreuz des Kreuzzuges auf sich genommen hat! ... Fünfzig Jahre nach Gerhards Tod 1138, vor mehr als zwei Generationen ...

Du, Wernher, hast mir einmal entgegengehalten, erinnere Dich, ich sei mit meiner angeblichen Ablehnung der Literatur in der Welt unseres Ordens der Augustiner-Chorherren eine »Ausnahmeerscheinung«, wie Du Dich ausgedrückt hast. Ich habe Dich damals gefragt, was Du mit dem Wort »Ausnahmeerscheinung« meinst, und ob Du nicht aus Höflichkeit dieses Wort gebraucht, aber in Wahrheit ein »Fremdling« oder gar »fehl am Platze« gemeint hast. Du hast damals auch an andere Äbte und Prioren und Prälaten erinnert, die sich eben durch großen Eifer in der Literaturförderung oder vor allem im Ankauf und Erwerb vieler Chirographen und Manuskripte hervorgetan haben. Subens und Reichersbergs und Sankt Florians, St. Emerams und Ebersbergs Bibliotheken und Schatzkammern seien voll nicht nur von Zimelien und von religiöser Literatur, heiligen Schriften, Väterliteratur und Psalmenkommentaren, sondern sie strotzen auch von Heinrich von Veldeke, des Pfaffen Konrads ›Rolandslied‹, Eilharts ›Tristrant und Isalde‹, Gottfried von Straßburgs ›Tristan und Isolde‹, Wolframs ›Willehalm‹ und Hartmanns ›Iwein‹ und so fort, von den Minneliedern Walthers und Reinmars und Friedrichs von Hausen ganz zu schweigen. Wir in Ranshofen aber seien »sehr zurückhaltend«. Du hast diesen Zug an mir damals freundlicherweise unbewertet lassen, aber natürlich ist klar geworden, daß Du, der Du selbst der Verfasser eines Werkes bist, »um das sich die anderen Prälaten reißen«, diesen Zustand bedauerst. Ich habe Dir seinerzeit erwidert und wiederhole es: Ich habe mein Motto »Heiliger Eifer für Dein Reich verzehrt mich« immer so verstanden, daß es besser ist zu beten als zu lesen, Werke der Buße zu tun als Lieder zu dichten und als Propst ein strenges Regiment zu führen und auf die klösterliche Disziplin zu achten, als hinter literarischen Frivolitäten herzujagen und die beschränkten Mittel aus dem Zehent und den Abgaben unserer Hintersassen und Bauern für Liebesromane auszugeben und zu vergeuden. Weil wir in Ranshofen nun nicht nur, was die Bibliothek betrifft, sondern auch sonst gespart haben und etwa mit den Kerzen selbst in der Kirche sorgsam und sparsam umgegangen sind, waren wir auch für unsere Zehentpflichtigen immer eine milde und holde Herrschaft, so daß unsere Bauern aus Überzeugung sagen konnten: Unter dem Krummstab ist gut sein. Wir hatten es so niemals nötig wie andere Grundherren und Stifte, einen Kleinzehent, den sogenannten Etterzehent, für die Bauerngärten einzuführen und den Bauern auch einen Teil ihres Ertrages an Gemüse und Grünzeug in den Haus- und Prägärten abzupressen. Die Prägärten unserer Bauern waren für mich immer steuerfrei und der Begehrlichkeit der Obrigkeit entzogen, »exterritorial«, wie ich gerne sage. Natürlich mußten wir andererseits darauf achten, daß uns einige überschlaue Bauern nicht übertölpelten, indem sie ihre sogenannte Hortukultur zur Agrokultur ausweiteten und ihre Felder, auf denen sie Rüben und Kraut pflanzten, als Prägärten deklarierten und der Zehentpflicht so entzogen. Unser Schaffner wußte einen Garten von einem Feld zu unterscheiden, das natürlich.

Heiliger Eifer für Sein Reich und nicht für meine Bibliothek verzehrt mich. Und natürlich ist mir – wie schon erwähnt – auch zu Ohren gekommen, daß ich eigentlich gar kein Augustiner-Chorherr mehr sei, sondern eher schon ein Franziskaner, also ein Anhänger des Giovanni Bernardone, den sie auch den »Poverello« nennen, wie sie auch seine Anhänger als »Minderbrüder« bezeichnen. Ich sei also eigentlich gar kein Propst mehr, was ja auf deutsch soviel wie »Vorgesetzter« oder »Hochgestellter« bedeutet, sondern ein Guardian, wie die Minderbrüder ihren Herren nennen, also eigentlich ein Aufpasser. Unfreundliche und uns übelgesinnte Menschen übersetzen Propst freilich auch gern mit »Hochstapler«. Und es fehle gar nicht viel, sagen sie über mich, und ich würde meinen Konventualen wie dieser Franciscus den Besitz und die Lektüre von Büchern verbieten, ja es fehle nicht viel und ich würde alle meine Untergebenen zu Analphabeten machen und auf den Analphabetismus verpflichten. Wie ungerecht, mein Wernher, ist die Welt. Habe ich nicht genug Beweise für meine Liberalität geliefert. Habe ich nicht bewiesen, daß ich kein zelotisch verfinstertes Gemüt habe und kein obskurer Fundamentalist bin. Steht nicht in Gestalt des Priapos in Deinem Garten ein »lebender« Gegenbeweis für die Behauptung meiner Humorlosigkeit. Aber natürlich können wir uns bei der Verbesserung unseres geistlichen Lebens und bei der immer aufgegebenen Reform – Ecclesia semper reformanda, heißt ein lateinisches Wahrwort – bei den Minderbrüdern einiges abschauen. Und wenn Dein Nachfolger als »Hortulanus«, als Stiftsgärtner von Ranshofen, den zu ernennen ich die Absicht trage, den Priapos, den die Spitzbuben eh schon verstümmelt oder um es lateinisch zu sagen, weil beim Sprechen über Pudenda eher angezeigt ist, das Eigendeutsch statt des Gemeinen Deutsch zu verwenden: eh schon kastriert haben, wenn der neue Gärtner also diesen Priap entfernt und beseitigt, so ist mir das mehr als recht. Befehlen werde ich es ihm nicht. Meinetwegen kann jener Kümmerer auch stehenbleiben.

Es wird mir aber wohl erlaubt sein und unbenommen bleiben, wenn ich bei dieser Gelegenheit den Vorschlag mache, den Priapos durch die Statue eines Schutzheiligen oder einer der vielen Schutzpatroninnen der Gärtner zu ersetzen. Wie gut stünde unserem Garten eine heilige Gertrud an oder auch eine heilige Agnes, die schon seit dem 4. Jahrhundert als Schutzpatronin der Gärtner und der Kinder angerufen wird. Auch an die heilige Barbara, die Fürsprecherin der Gärtner, der Bergleute und der Jungfrauen, wäre zu denken, von Dorothea, der Schutzpatronin der Gärtner und der Blumenhändler, auch der Bierbrauer, nicht zu schweigen. Ersetzen wir den Priapos, der die Gärten ja angeblich und im Aberglauben des Altertums vor Dieben geschützt hat, in unserer Zeit aber eher als eine Vogelscheuche betrachtet wurde, so wird an seiner Stelle wohl eine Frau, eine der genannten Heiligen aufzustellen sein. Der Fruchtbarkeit wegen ressortiert das Patronat über die Gärten wohl beim weiblichen Geschlecht. Der Beitrag der Männer zu Pflanzung und Fortpflanzung ist vergleichsweise bescheiden. Ich plädiere freilich dafür, daß an jener statt des Priap aufzustellenden Statue das Sexuelle und Erotische nicht überbetont und in frommer Züchtigkeit zurückgenommen wird. Es sind in unserer Zeit einige geradezu ärgerliche Bildnisse und Schnitzwerke der heiligen Sünderin Magdalena entstanden, wie ich keines in unserem Ranshofener Garten sehen möchte. Für viele Künstler ist die heilige Magdalena, eine bekehrte Sünderin, die Christus von ihrer Obsession geheilt und befreit hat, ein guter Vorwand, aufreizende Weiber mit großen Brüsten, prallen Schenkeln, drallen Backen und vor allem mit langen, überlangen Haaren, womöglich roten, darzustellen, zu malen oder plastifizierend zu bilden. Werden jene Künstler darauf angesprochen, warum sie dieses überlange volle, sündige Haar malen, dann kommen sie mit der Schrift daher und daß jene Haare, mit denen Magdalena dem Herrn die Füße trocknete, notgedrungen und plausibiliter eine solche voluminöse Länge und dichte Fülle gehabt haben müßten. Um jedenfalls solchen Zweideutigkeiten und Anzüglichkeiten auszuweichen, plädiere ich als Priap-Ersatz eher nicht für eine heilige Magdalena, wenn sie natürlich die älteste und so gesehen sicher auch die ehrwürdigste Patronin der Gärtner ist. Dieses Amt und dieses Patronat ist ihr bekanntlich zugewachsen, weil sie als erste des auferstandenen Herrn ansichtig wurde, diesen aber irrtümlich zuerst für den Gärtner gehalten hat. *Noli me tangere*, sagt Christus darauf zu ihr. Dieses lateinische Sätzchen, das auf deutsch »Rühr mich nicht an« heißt, ist in unserer Zeit zu einer Bezeichnung für eine Pflanze geworden. So schließt sich der Kreis ... Magdalena wird es nicht sein müssen, eine Frau aber wohl, wenn wir nicht einen heiligen Vinzenz errichten wollen, der als der Patron der Winzer, wegen der Zufälligkeit des Klanges seines Namens, am Rande auch eine gärtnerische Tangente hätte. Wollten wir den Priapos durch eine männliche christliche Gestalt ersetzen, so könnte das Material des alten hölzernen Heiligen wiederverwertet und wiederverwendet werden, so wie ja auch viele christliche Kirchen aus den Steinen heidnischer Tempel errichtet wurden. Die Vandalen jener Innviertler Zeche, die ihn seinerzeit mit einem Stein oder einer Latte um jene Latte und den Stein des Anstoßes gebracht haben, haben dann dieser Adaption und Akkomodation, dieser Umarbeitung, um es deutsch zu sagen, schon vorgearbeitet. Natürlich wird man mit einer solchen Transformation von Priap zu Vinzenz nicht den Meister Frank, der den ursprünglichen Priapos verbrochen hat, beauftragen können. Am besten man bringt ihm aber seinen Priapos zurück, er kann ihn dann in seinem eigenen Garten postieren. Denn kommt es zu einer Umarbeitung, dann kommt es auch sicher wieder zu dem üblichen großen Zetergeschrei wegen des Denkmalschutzes, das wir uns lieber ersparen wollen! Meine erste Wahl für eine Nachfolgestatue für den ärgerlichen Priapos wäre freilich weder Magdalena noch Vinzenz, sondern die heilige Gertrud von Nivelles, die Tochter Pippins des Älteren, der es als Pippinidin somit an Hochadeligkeit und auch an Heiligkeit wahrlich nicht gebricht. Man könnte sie so darstellen, wie es ihrer Ikonographie nach ihrer Legende entspricht. In einem heiligen Buch lesend, über das Mäuse oder Ratten laufen. Sie, die sich in ihrem ostfränkischen Kloster auf wunderbare Weise durch andächtiges Gebet von der Plage der Mäuse und Ratten befreit hat und deswegen auch in entsprechender Not von Gläubigen, Bauern und Gärtnern vor allem angerufen wird, würde ganz besonders in Deinen, Deinen vormaligen Garten passen. Die Geisteswissenschaft spricht wie die Poetik, wem sage ich das, vom Aptum, womit sie die Angemessenheit und Zuträglichkeit bezeichnet. Mit Gertrud hätten wir im Garten Wernhers das Optimum an Aptum, das Aptissimum gewissermaßen erreicht. Vielleicht nicht von Mäusen, aber von Wühlmäusen und den Erdgrillen hat es bei Dir tatsächlich gewimmelt. Gertrudis anrufen wäre da alles andere als unangebracht. Mit Gertrud hätten wir auch eine Erinnerung an ihr Geschlecht und die Karolinger, zu denen dann ja auch Arnulf von Kärnten gehört, dem Ranshofen so viel bedeutet hat und der uns deshalb viel bedeuten muß. Aber wie gesagt, es soll auf den neuen Gärtner ankommen, wenn er möchte, kann die alte Statue auch bleiben. Ich gebe Gedankenfreiheit! Mit einer Einschränkung: Nicht erlauben würde ich, daß nach der Beseitigung des Priapos etwa sein weibliches Gegenstück, die Göttin Baubo, die »dea impudica«, auf ihrem Schwein einreitet!

Mein Auftrag an Dich, endlich die ruhmreiche und fromme Geschichte von Dietmar dem Anhanger zu Papier zu bringen – spricht er nicht auch für meine Liberalität und daß ich das Schreiben nicht rundweg ablehne, wenn ich auch auf die Themen achte und die mahnende Frage an jeden Schreibenden richte: Quid ad aeternitatem, das heißt auf deutsch: Was bringt Deine Arbeit im Angesicht der Ewigkeit. Ist Deine Arbeit nicht lächerlich, wenn man an den Tod denkt? Vanitas vanitatum vanitas! Ich kann es nur wiederholen! Wenn man an den Tod denkt, ist alles lächerlich, mein Wernher, nur der Glaube und die guten Werke zählen, wenn man an den Tod denkt, manches literarische Werk ist aber kein gutes Werk. Und für manchen Schreiber wäre es zuletzt besser gewesen, wenn er Almosen gegeben hätte, statt große Töne von sich zu geben.

Literatur, höre ich immer, ist verborgene Theologie, ich aber sage: Literatur ist allenfalls verbogene Theologie. Das Schreiben ist in unserer Zeit eine Unsitte geworden. Jeder Mönch und jeder Ritter, vor allem jene des Ministerialenstandes, glaubt, er müsse ein Buch schreiben. Und da die Hauptgestalten aus König Arthurs Tafelrunde schon behandelt und beschrieben sind, kommen nun die Hinterbänkler aus jener Gesellschaft an die Reihe und zum Zuge. Wie man hört, soll in Franken einer an einer großen Prosadichtung über einen Ritter Lancelot, den noch keiner kennt, schreiben. Ein anderer nimmt sich den Dodines, wieder ein anderer einen gewissen oder eigentlich ungewissen Segremors vor. König Arthur hatte wie Karl der Große zwölf Paladinen, nach dem heiligen Vorbild der zwölf Apostel, die Literatur ist aber längst über diese heilige Zahl hinausgegangen. Sie hat das rechte Maß überschritten, ist maßlos geworden! Und wenn man heute alle Tafelrunder, die in der Literatur herumgeistern, zusammenzählt, kommt man auf keine heilige Zahl mehr, sondern auf eine unheilige Zahl von vierzig oder mehr. Diese Tafelrunder aber sind längst keine Templeisen, keine frommen Ritter, wie sie der König Amfortas in Munsalvaesche um den heiligen Gral als Ministranten am Sakrament in Diensten hatte. Sie sind im Gegenteil ganz mondänisiert und buchstäblich in die Welt und in die Frauen vernarrt, also Narren, aber nicht Narren in Christo, wie Franciscus, und wie es sich für Geistmenschen durchaus geziemt, sondern Narren auf eigene Rechnung und Gefahr, verfahrene Fahrende halt, in die Irre gegangene, im Irrgarten herumirrende Kavaliere. Es muß bei König Arthur nicht nur einen runden Tisch gegeben haben, sondern mehrere, denn an einem runden Tisch hätte er die unzähligen Tafelrunder, von denen heute die Literatur überquillt, ja gar nicht mehr unterbringen können. Runder Tisch, runder Tisch! Wenn ich das nur höre! Dabei war es bei Arthur oder Artus, wie die deutschen Dichter schreiben, gar kein runder, sondern natürlich ein rechteckiger Tisch, so wie auch die Altäre keine runden, sondern natürlich rechteckige Tische sind. Und ein rechteckiger Tisch hat einen Vorsitz, ein Präsidium und ein Contrarium und Apsiden. Vorne saß Arthur und ihm gegenüber Gawan. Und auch der Abendmahlstisch war kein runder Tisch. Heute aber soll alles rund sein, rund wie die Liebesgrotte im Wald, über die Gottfried von Straßburg schreibt. Der Versessenheit auf das Runde und die runden Tische entspricht heute die Idee oder Ideologie von der Gleichheit, die unsinnige Vorstellung von der Egalität, die wir Baiern die Wurstigkeit nennen. Aus Frankreich kommen diese merkwürdigen Ideen von der Egalität! Bleiben wir doch bei unseren bairischen Bräuchen! Der Wurst aber mit dem durch den Fleischwolf gelassenen faschierten Brät steht das natürliche Fleisch entgegen, das rotes fasriges Muskelfleisch und Speck und Schwarte kennt. Die Wurst ist unnatürliches Fleisch, denaturiertes Fleisch. Aber ich verliere mich, Wernher, verliere mich sozusagen im Irrgarten meiner Gedanken, wo ich doch eigentlich nur noch ein Wörtchen über den Irrgarten selbst sagen wollte, bevor ich Dich Deiner Arbeit, Deiner Schreibarbeit am ›Anhanger‹ überlasse und ins Skriptorium schicke. Ich halte nämlich die weltliche Literatur für einen Irrgarten. Die Literatur hindert uns auf dem Weg zu unserer himmlischen und ewigen Heimat, sie lenkt uns ab, sie irritiert uns. Das ist das Wesen eines Irrgartens, den Menschen zu narren, im Labyrinthe lange Umwege und Irrwege machen zu lassen, die zu nichts führen, zu verleiten und zu verlocken, ihn kopflos und orientierungslos zu machen. So verliert der Mensch die Übersicht und den Überblick, er büßt vor lauter Vorsicht und Rücksichten die Übersicht ein und die Klarsicht. Die Dichter aber erzeugen den alles verdunkelnden und verunklarenden Nebel.

Ein Gärtner ist ein Gärtner und er soll kein Irrgärtner der Literatur sein ... Der Schreiber aber soll schreiben und auf sein Thema achten. Ich, Konrad von Burghausen, bin kein Verächter der guten Literatur, kein Pessimist und kein Nihilist. Und ich stehe nicht an, den großen Alkuin, das Haupt der Akademie in Aachen, den Kultusminister des Kaisers Karl, den man mit Recht den Großen nennt, zu berufen, dem ich gar nicht widerspreche, wenn er vom Bücherschreiben schreibt, aufzurufen und zu zitieren: »Besser als Reben zu pflanzen, bedeutet es Bücher zu schreiben: Jene dienen dem Bauch, diese aber der Seele.« Doch füge ich, ohne mich sicher im Widerspruch zum großen Geist Alkuins zu befinden, hinzu: Gute Reben sind besser als schlechte Bücher.

Nun aber endlich an die Arbeit!

Nachträgliche Widmung
oder
Das Hohelied auf den niederen Klerus

Jemand mußte Heinrich Steiner verleumdet haben. Denn ohne daß er Böses getan hätte, verhaftete ihn am 4. Oktober 1939 die Geheime Staatspolizei nach der Frühmesse in Steinerkirchen und brachte ihn zum Verhör in ihr Linzer Gefängnis. Von Linz wurde er ins Landesgericht Wels überstellt, wo er im Jänner 1940 zu einem Jahr Gefängnis verurteilt wurde. Am 4. Oktober 1940 wurde Steiner wieder ins Polizeigefängnis nach Linz geschleppt. Von dort kam er am 6. Dezember 1940 endgültig ins Konzentrationslager nach Dachau, wo für ihn bis zur Befreiung des KZs durch die Amerikaner eine jahrelange Leidenszeit begann.

Dem Andenken an ihn ist dieses Buch, das von der großen Schelte des Propstes Konrad von Burghausen im Chorherrenstift Ranshofen um die Mitte des 13. Jahrhunderts gegen seinen Stiftsgärtner Wernher den Gartenaere, den Verfasser der Versnovelle ›Helmbrecht‹ handelt, gewidmet, oder, kirchlich gesprochen: geweiht … Nicht von ungefähr! Denn zwischen dem Armeleutepriester und frommen Vertreter des niederen Klerus, dem Pfarrer der Wallfahrtskirche »Maria Rast« Heinrich Steiner, der als uneheliches Kind einer Magd entsprechend dem Kirchenrecht Dispens benötigte, um zum Priester geweiht zu werden, und Wernher, dem Helden dieses semifiktionalen Romans, gibt es über die Jahrhunderte hinweg Berührungspunkte, Ähnlichkeiten und Unähnlichkeiten, oder wie die Poetik es mit lateinischen Fachausdrücken benennt: Similitudines und Dissimilitudines. Beide kommen sie aus der bäuerlichen Welt. Beide wurden sie »geistlich« … Dissimilitudo: Steiner hat das ausgiebig getan, was Wernher vorgeworfen wird, daß er es nicht oder nicht ausreichend getan habe: Gartenpflege und Gärtnern, die Schöpfung in Ordnung halten. Heinrich der Gärtner … Und da er sicher kein großer Theologe und Prediger war, haben seine Pfarrangehörigen auch oft seufzend gesagt: Der Steiner hätte Gärtner werden sollen, oder auch: Da Stoana hätt Baur werden solln und nit Pforra. Abt Konrad von Burghausen schickt Wernher schließlich vom Garten in die Schreibstube, wo er eigentlich hingehört. Scriptorium statt Hortus … Sein, Pfarrer Steiners Blumenschmuck für den Altar der Wallfahrtskirche Maria Rast wurde weitum viel gerühmt, ich habe bei einigen seiner legendären Fatima-Feiern nach dem Krieg den reichen Altarschmuck bewundert. In keiner Kirche sonst habe ich das Marienlied ›Es blüht der Blumen eine auf ewig grüner Au‹ singen gehört und mitgesungen wie in Maria Rast! Die Ansprachen des Pfarrers waren weniger berühmt … Er war nicht gerade ein Meister der »Ars praedicandi« … Er beherrschte dafür die »Ars serendi«, die Kunst des Pflanzens, keine der Sieben freien, sondern eine der sogenannten »Gebundenen Künste« … Das Lateinische hat er entsprechend seiner sprachlichen Orientierung recht eigenwillig ausgesprochen, wohl auch schon manchmal malträtiert … Bajuwarisiert halt, oder austrofiziert! So gesehen kam ihm das 2. Vatikanische Konzil entgegen, das die Volkssprache in der Liturgie einführte. Seine Predigten waren vielen zu volkstümlich und zu mundartlich. Er predigte, wie ihm der Hausruckviertler Schnabel gewachsen war. Immer wieder wurde erzählt, daß er manchmal von der Kanzel herunter sagte, wenn die Tür offengeblieben war: Mochts do die Tia zua, do ziagt s jo wia in an Vogöhäusl. Und vor dem Auszug aus der Sakristei zu einem Hochamt soll er auch schon einmal zu den Ministranten gesagt haben: Gehn mas on!, oder auch: Pocka mas!, statt: Adiutorium nostrum in nomine Domini!

Durch seinen Humor und seine Volkstümlichkeit brachte er es auch unter den hunderten Geistlichen im Konzentrationslager Dachau in Block 30, ab 5. Oktober 1941 in Block 26, »Stube 2«, zu großer Popularität. Leopold Arthofer schreibt in seinem Buch ›Als Priester im Konzentrationslager‹ über Steiner, daß ihn alle nur »da Stoaner« genannt und daß sich alle in ihrer Bedrängnis gefreut hätten, ihn zu sehen: »Nicht vergessen soll hier sein der bescheidene, unermüdlich fleißige, stets den trauten Heimatdialekt liebende Mesner Heinrich Steiner (bekannt als ›da Stoana‹), Pfarrer von Steinerkirchen, Oberösterreich, der nach der Befreiung des Lagers durch die Amerikaner bei seiner Abreise noch einen Teil des Kapelleninventars fortschleppte.« Teile dieses Kapelleninventars, ein sogenannter »Meßkoffer«, befindet sich als wahrlich kostbare Reliquie im Pfarrhof in Kematen am Innbach. Es ist im übrigen sehr bezeichnend, daß Steiner in der Kapelle des Konzentrationslagers nicht als Priester, sondern als Mesner oder Küster, wie die norddeutschen oder *reichsdeutschen* »Kameraden« sagten, eingesetzt wurde. Und wieder wurde gerühmt, daß er selbst unter diesen Umständen immer Altarschmuck und Blumen »organisierte«. Es sei oft wie ein Wunder gewesen, ein Blumenwunder gewissermaßen, wie es ähnlich in der Legende von Elisabeth von Thüringen erzählt wird … Pater Johann M. Lenz, SJ, schreibt in seinem Buch ›Christus in Dachau‹ über Pfarrer Steiner: »Die oberste Leitung und Verantwortung darüber (gemeint ist die Kapelle des Lagers) hatte selbstverständlich der Lagerkaplan und spätere Dechant. Die Hauptlast der Arbeit jedoch mußte er einem ebenso tüchtigen wie zuverlässigen Mitbruder übergeben. Auch dieser Mann ward uns gegeben wie ein Geschenk für unser Heiligtum. Es war der

Pfarrer Heinrich Steiner aus Oberösterreich. Und in der Tat. Wer ihn an der Arbeit sah, wer darauf achtete, wie er jahraus, jahrein mit einem geradezu erlesenen Geschmack alles in Ordnung hielt, mußte bekennen, daß Pfr. Steiner das Ideal eines Mesners war. Fromm, selbstlos, tüchtig und voll Eifer war er selbst in der Plantage ein unermüdlicher und geschätzter Arbeiter. Einen Mitarbeiter in der Kapelle, ganz nach seinem Stil fand er fürs letzte Dachauer Jahr im Priesterkameraden Alban Prinz Löwenstein.«

Entsprechend Steiners Neigung und Vorliebe für Gartenarbeiten hatte ihn die Dachauer Lagerleitung also in die berüchtigte »Plantage« gesteckt, wo er sich, wie es vielsagend hieß, »austoben« konnte. Und obwohl ihm hier unmenschlich viel abverlangt wurde, schwere Arbeiten bei jeder Witterung, war für ihn die Nähe zur Natur, »die frische Luft«, wie aus den Briefen hervorgeht, immer noch eine Art Erleichterung in schlimmer Notzeit. Es existiert unter den nachgelassenen Papieren Steiners ein Blatt mit der Überschrift: Arbeit macht frei! Und über dem Stempeldruck in der Schwabacher Schrift: Deutsche Versuchsanstalt für Ernährung und Verpflegung G. m. b. H. Werk Dachau, Dachau 3 Postschließfach 11 Tel. 1151. Über dem Vordruck aber sind von Hand die Personalien des Häftlings eingetragen: Sähen (sic!) und Pflanzen STEINER HEINRICH Nr. 22150 – Geistl. Bl. 36/2 25.5.1907. Säen ist also hier falsch geschrieben, Steiner aber hat es richtig beherrscht ...

In der »Plantage« des KZs hat er mit einem anderen, älteren Priester, dem sogenannten »Apfelpfarrer« Korbinian Aigner Bekanntschaft gemacht und zusammengearbeitet. Aigner, 1885 in Hohenpolding als Ältester von elf Geschwistern auf dem »Poldingerhof« geboren, hat auf das Hoferbe, das ihm zugedacht war, verzichtet, um Priester zu werden. Nicht ohne Schwierigkeiten wegen schwächerer Leistungen in Latein und Griechisch und einem Schulwechsel vom Domgymnasium in Freising ins Luitpold-Gymnasium in München, erreichte er schließlich sein Ziel, die Priesterweihe 1911 im Freisinger Dom durch Erzbischof Franz von Bettinger. Anschließend wirkte er in verschiedenen Funktionen als Zeichen- und Turnlehrer, Präfekt, Koadjutor, Kooperator, Provisor und Vikar, bis er schließlich im Jahr 1931 in Sittenbach im Dekanat Indersdorf zum Pfarrer ernannt wurde, immerhin erst zwanzig Jahre nach seiner Primiz. Bereits im Jahr 1908 aber hatte er den »Hohenpoldinger Obstbauverein« gegründet und immer wieder Vorträge gehalten und Beiträge über den Obstbau in der Zeitschrift des bayerischen Obst- und Gartenbauverbandes publiziert. Neben dem Beruf des Pfarrers wurde ihm so der Obstbau mehr und mehr zur Berufung ... Nachdem er, der Mitglied der Bayerischen Volkspartei und an Politik sehr interessiert war, 1923 in München eine Versammlung der Nationalsozialisten besucht hatte, auf der Hitler den Juden, den Kommunisten und den katholischen Pfarrern den Kampf auf den Tod ansagte, wurde er zu einem entschiedenen und überzeugten Gegner des Nationalsozialismus. Nach verschiedenen regimekritischen Äußerungen und Predigten, auch einer Weigerung, anläßlich des Friedensappells Hitlers am 26. März 1936 die Kirchenglocken zu läuten, und einer Strafversetzung nach Hohenbercha im Landkreis Freising wurde ihm zuletzt der Prozeß gemacht, und er kam nach einer Gestapohaft im September 1940 ins KZ Sachsenhausen und von dort nach einer gerade noch überstandenen Lungenentzündung am 3. Oktober 1941 ins KZ Dachau, wo er wie Pfarrer Heinrich Steiner im sogenannten »Priesterblock« untergebracht wurde. »Aus Apfelkernen züchtete er auf einem kleinen Grünstreifen zwischen zwei Baracken Apfelbäume, ja es gelang ihm sogar die Züchtung neuer Apfelsorten. Er nannte sie KZ1,

KZ2, KZ3 und KZ4. Am besten glückte die Sorte KZ3, die später in der Gegend um Freising eine gängige Apfelsorte wurde und 1985, zum 100. Geburtstag Aigners, den Namen ›Korbiniansapfel‹ erhielt« (›Geschichte Hohenpolding‹. Zusammengefaßt von Josef Hofstetter nach einer Darstellung von Hans Niedermayer). Nach der Flucht bei der Evakuierung des Lagers durch die SS, einem Aufenthalt bei den Nonnen im Kloster Aufkirchen am Starnberger See und der schlußendlichen Befreiung des KZs Dachau durch die Amerikaner ging Aigner in seine Pfarrei Hohenbercha zurück. Wenn er wie früher in seinem Obstgarten arbeitete, trug er nun bei Schlechtwetter nicht nur seinen Priesterrock, sondern auch den Mantel seiner Dachauer Häftlingskleidung. Diesen Mantel breitete man schließlich, als er am 5. Oktober 1966 starb, auf seinen Wunsch hin auch über seinen Sarg …

Zurück zu Pfarrer Heinrich Steiner, »dem Ideal eines Mesners und Gärtners« … Es existiert ein dickes Konvolut von Briefen im Pfarrarchiv von Kematen am Innbach (das pfarrlich zu Steinerkirchen gehört), die Steiner aus dem KZ an seine Schwester Maria schrieb, die ihm und dann seinem Nachfolger als Pfarrprovisor den Haushalt führte. Dieser Briefverkehr war natürlich streng überwacht, die Briefe mußten auf »Anstaltspapier« geschrieben werden, durften nur zwei Seiten lang sein, und sie durften keine »Interna« mitteilen und beschreiben. So spricht Steiner halt viel von seinem Heimweh und wie er sich vorstellt, wie man nun in Steinerkirchen dieses oder jenes Marienfest feiern wird. Am 29. Juni 1941 schreibt er etwa: »Jetzt zu Maria Heimsuchung und Kirta Sonntag weilen ja wieder meine Gedanken viel bei Euch. Bitte vergeßt meiner nicht in Euren Gebeten bei der hl. Gnadenmutter Maria Rast!« Und immer wieder spricht oder schreibt er von Blumen, gibt Ratschläge, was man jetzt günstigerweise aussetzen oder ernten könnte. Dann empfiehlt er seiner Schwester, sie soll sich in Wels dieses oder jenes Buch über den Gartenbau besorgen. Die Briefe enthalten auch viele Bitten um notdürftige Dinge des täglichen Gebrauchs, von Rasierzeug bis Unterhosen, dazu die entsprechenden Hinweise, wie alles zu verpacken sei, damit es den Vorschriften entspricht (und nicht gleich konfisziert wird). »Ich mache aufmerksam, daß die Zusendung von Briefen, Geld, Bildern und dgl. in Paketen, offen oder versteckt, verboten ist. Bei Zuwiderhandlung wird d. Paket beschlagnahmt und gegen den Absender Strafanzeige erstattet.« Die Briefe wirken oft sehr banal, und das eigentlich Erschütternde liegt darin, daß sie vom wirklich Erschütternden, der unmenschlichen Tortur des Lageralltags und den unzähligen Schikanen und Demütigungen, schweigen müssen. So kennzeichnet ein aphoristisches Gedicht von Arnfrid Astel über ein Blumengedicht (›Naturlyrik‹) die widersprüchliche Situation der Briefe Steiners über das »Garteln« und seinen Einsatz in der Plantage des Lagers in Dachau: »Dieses Gedicht geht über Leichen. Es handelt von Blumen.«

Heinrich Steiner konnte auch nach der Befreiung aus dem KZ von der Landwirtschaft und der Gärtnerei nicht lassen, obwohl ihm das von seinen Vorgesetzten immer empfohlen und nahegelegt und schließlich auch befohlen wurde. Er kam nach seiner Zeit im Konzentrationslager wieder in seine Pfarrei Steinerkirchen zurück. Eine solche Rückkehr an die vorige Wirkungsstätte war eigentlich absolut unüblich. Es entsprach seinem Charakter, daß er denen, die ihn denunziert und ins Gefängnis gebracht hatten, wie auch seinen Peinigern in Dachau vergab und verzieh. Wie in der Bibel empfohlen, hat er öfter auch noch die linke Backe hingehalten, wenn ihm auf die rechte geschlagen worden war … Steiner zog es wie selbstverständlich nach Steinerkirchen! Und zur Landwirtschaft! Ökonomisch war seine »Ökonomie«, wie man in Oberösterreich eine Bauernwirtschaft gern nennt, von Haus aus nicht. Das hat ihn wenig gekümmert. »Ökonomierat« wollte er ja nicht werden, es ließ freilich auch der »Geistliche Rat« lange auf sich warten ... Das Bewußtsein, wie seine Pfarrkinder ein Agrarier und auch ein Bauer zu sein, hat ihm, dem Sohn einer Magd, die später einen Kleinhäusler heiratete, immer viel bedeutet. Er war schon auch »bauernstolz« ... Was ihn andererseits nicht daran hinderte, sich in den biblisch überlieferten Worten Jesu, Matthäus 25, 30, öfter als »unnützer Knecht« zu bezeichnen. Ein Pfarrhof war seinerzeit wie ein Bauernhof auch und vor allem ein Hof! Und Steiner ist sogar ins Ordinariat nach Linz, in den sogenannten Bischofshof, nicht nur einmal mit seinem kleinen Steyrer-Traktor gefahren, was eine Tagesreise bedeutete. Ein Auto hat er nie besessen, ein Luxusauto, wie man damals die PKWs nannte. Später war sein Fortbewegungsmittel das Moped, mit dem er nicht nur weit herumgekommen ist und seine Seelsorgsbesuche unternommen, sondern auch manchen Sturz »gebaut« hat. Ganz zuletzt stieg er wieder auf sein altes Steyrer Waffenrad um, das Pfarrer Konrad Waldhör, Steiners Nachfolger in Kematen, in einem »Turmmuseum« in der Kirche von Steinerkirchen neben anderen Steiner-»Reliquien« ausgestellt hat.

Bei einer Visitation in den fünfziger Jahren wurden Steiner vom damaligen Linzer Bischof Franciscus Salesius Zauner, der selbst aus dem Bauernstand stammte, ganz gehörig die Leviten gelesen. Statt nämlich in der Pfarrkanzlei Buch zu führen, fuhr er mit dem Traktor in der Gegend herum, um sich auch von den Bäurinnen der Umgebung Blumen für den Altar zu besorgen. (»Mein God, host du do schene Lilien, kunnst ma ned a poar fia Kira gebn? Vergelt's God!«) So war der Bischof sehr ungnädig und er soll seinen Pfarrer Steiner auf das schärfste ins Gebet genommen haben. Die Exzellenz hat »Heinrich den Gärtner« zurechtgestutzt ... Die Landwirtschaft wurde ihm »ausgetrieben« ... »Sie haben hier einen einzigen Saustall«, soll der Bischof zum Pfarrer angesichts der Kanzlei gesagt haben. Zauner hat sich also ganz bestimmt nicht so vornehm und zurückhaltend ausgedrückt wie in meinem Roman der adelige Abt Konrad von Burghausen seinem Gärtner Wernher gegenüber. Er war so grob, wie man es Bauern nachsagt. Steiner hatte, was vor allem der Stein des bischöflichen Anstoßes war, keine Buchführung, er führte seine Pfarrei sozusagen »freihändig«. Er hatte übrigens nicht nur keine Buchführung, sondern auch keine Bücher, oder nur die wenigen Bücher für seine Amtshandlung, die Formulare zum Sakramentespenden. Aber eine eigentliche Bibliothek hat sich in seinem Nachlaß nicht gefunden, nur eben ein paar fromme Bücher über Fatima und Lourdes. ›Das Lied von Bernadette‹ und ›Der veruntreute Himmel‹ von Franz Werfel. Ihm also hätte Bischof Zauner sicher nicht wie Konrad von Burghausen dem Gärtner Wernher den Prediger Salomonis vorhalten müssen: »Laß dich warnen, mein Sohn, des vielen Bücherschreibens ist kein Ende. Die vielen Schriften ermüden den Leib« (Prediger 12,12). Eher schon hätte man von ihm und seiner Art zu reden sagen können: »Die Worte des Weisen sind wie Ochsenstacheln und seine Wörter wie eingeschlagene Pflöcke. Sie stammen von einem Hirten« (Prediger 12,11). Steiners Worte stammten von einem Gärtner, seine Predigten waren oft floristisch, und es ist ihm auch manche sogenannte Stilblüte unterlaufen ...

Heinrich Steiner war und blieb der typische und sympathische Vertreter des niederen Klerus, des von der Obrigkeit – auch der kirchlichen – erniedrigten Klerus ... Die Pfarramtsprüfung, das »Examen parochiale«, das jeder ablegen muß, der eine Pfarrei führt, hat er jahrelang hinausgeschoben, bis bei dem inzwischen eingetretenen Priestermangel keiner mehr danach gefragt hat. Und auch die Kinder in der Schule haben sich mit ihm manchen Spaß erlaubt. Er war sehr nachsichtig und geduldig und am Schluß schwerhörig, was die Halbwüchsigen natürlich zu gewissen Keckheiten einlud ... Ludwig Thoma beschreibt in den ›Lausbubengeschichten‹ einen ähnlichen geistlichen Herrn mit Namen Kindlein. Im Alter gab es, wie bei Junggesellen nicht unüblich, auch gewisse Mängel, was die Toilette und die Hygiene betraf. Er hat sich körpergeruchmäßig nicht von seinen bäuerlichen Pfarrkindern, den Knechten und Mägden, unterschieden. Hatte er doch auch bereits die Stallarbeit geleistet, wenn er von Bubendorf herauf in die Sakristei nach Steinerkirchen kam. Müde von der vielen Arbeit ist er, der seeleneifrige Beichtvater, der sich diesbezüglich an seinem Vorbild, dem heiligen Nikolaus von der Flüe orientiert hat, im Beichtstuhl später freilich oft eingenickt, und man mußte ihn schließlich durch Husten oder Räuspern wecken, um die Absolution zu erhalten. Schuld daran waren aber vielleicht nicht nur das Alter und die Erschöpfung, sondern auch unsere immergleichen harmlosen läßlichen Sünden ...

Im Pfarrhof in Bubendorf roch es meiner Erinnerung nach immer sehr stark nach Lilien, den Lieblingsblumen des Pfarrers, süß und scharf. Lilien gehen mir auch deshalb sehr nahe, weil sie die Blumen meines Namenspatrons, des heiligen Aloisius Gonzaga sind, die ich ihn auf manchem Heiligenbildchen, das ich von unserem »alten Pfarrer« Alois Einberger, meinem Vornamensvetter gewissermaßen, zum 21. Juni geschenkt erhielt, halten sehe. Im Pfarrhof von Bubendorf roch es freilich zuletzt nicht nur nach Lilien, sondern auch nach dem alten Hausherrn und seiner noch älteren Schwester Maria.

Das Wort *Adel* hat in der bairisch-österreichischen Mundart eine doppelte Bedeutung. Es steht bekanntlich nicht nur für *nobilitas*, sondern auch für *sentina*, auf deutsch »Jauche«. Man könnte also sagen, durch diese Mehrdeutigkeit wird das Hohe und Erhabene herabgesetzt, oder auch, dadurch werde das Banale und Natürliche erhoben und erhaben. Der derbe und ordinäre Bauer Markolf spielt in ›Das Spiel von dem König Salomon und dem Bauern Markolf‹, einem Fastnachtsspiel von Hans Folz im ausgehenden Mittelalter, mit solchen semantischen Hintergründigkeiten und verspottet damit den weisen König Salomon mit seinen berühmten Weisheitssprüchen. Damit erinnert er die Vertreter der höheren Stände, daß letztlich auch sie der niedrigen Natur unterworfen und schwach und sterblich sind. Bei Markolf steht sozusagen schlau gegen weise. Einen ähnlichen Wesenszug, auch etwas Eulenspiegelhaftes, hatte Hochwürden Steiner an sich. Das ging tiefer als nur bis zur Verschränkung oder Verwechslung des Agrarischen und des Sakralen. Ein schlagender Ausdruck dessen war es freilich, wenn er, wie es ihm auch einmal oder nicht nur einmal passierte, als es ihm pressierte, das Schuhwerk vor einer heiligen Handlung zu wechseln vergessen hatte und in Gummistiefeln zum Altar schritt: »Introibo ad altare Dei, ad Deum qui laetificat iuventutem meam ...« Gott sieht auf das Herz des Menschen und nicht auf seine geputzten Schuhe, soll er einmal gesagt haben ... Die Landwirtschaft war ihm mehr als ein Hobby, schon eher eine Weltanschauung. Pferdehaltung als Steckenpferd ... Und die Landwirtschaft ist ja nun sicher ein würdiges, wenn nicht gar ein ehrwürdiges Steckenpferd für einen geistlichen Herrn. Mit der Jagd, der ja auch einige Pfarrer huldigten, ist es schon etwas anders. Von einem Kollegen im Amte des Heinrich Steiner, einem passionierten Nimrod, hieß es immer, zur Bockzeit käme er halt gar nicht mehr in den Beichtstuhl, und zur Zeit der herbstlichen Treibjagden seien seine Schäfchen ganz verwaist und sich selbst überlassen. Der Kaplan mußte als Einspringer die Leidenschaft des Pfarrherrn büßen. Mit diesem Pfarrer, der angeblich sogar manchmal auf seine Versehgänge nicht nur das Ciborium mit den Hostien, sondern auch das Gewehr mitgenommen hat, mit einem solchen Pfarrer hat man wirklich den Bock zum Gärtner gemacht ... Es gab schließlich ja auch manchen Abt oder auch Bischof, der ein besserer Waidmann als Theologe gewesen ist. Daß der alte Pfarrer bei den Versehgängen öfters austreten mußte, ist dagegen harmlos und menschlich und tut dem Sakrament keinen Abbruch. Was die Verwechslung der Sphären des Banalen und des Erhabenen betrifft, so muß man nicht bis zu Salomon und Markolf zurückgehen, man kann sich gern auch an jenen Buben erinnern, der mit reifen Butterbirnen zum Herrn Pfarrer geschickt wird. Die Mutter trägt ihm auf zu sagen: Hochwürdiger Herr Pfarrer, da schickt mich die Mutter mit butterweichen Birnen. Er aber sagt in der Aufregung: Butterweicher Herr Pfarrer, da schickt mich die Mutter mit hochwürdigen Birnen ...

Ein ganz besonderes Kapitel im Leben des Heinrich Steiner war das Ende seiner KZ-Haft. Er hat nicht nur jenen Meßkoffer und andere Gegenstände aus dem Inventar der Kapelle »mitgenommen«, das heißt gerettet, sondern auch ein Fuhrwerk, ein Bauernfuhrwerk und zwei Pferde »aufgetrieben«, herrenlose und versprengte Tiere »organisiert«. Eine grandiose Meisterleistung, ein Husarenstück und auch ein eulenspiegelhafter Streich in gewissem Sinn, ein »Handstreich« ... Den rechtmäßigen Besitz dieser beiden »requirierten« Pferde aber hat er sich von den amerikanischen Befreiern des Dachauer Konzentrationslagers attestieren lassen. Ein Leutnant hat dem »Reverend Heinrich Steiner« eine Art Schutz- oder Geleitbrief für die Heimreise nach Oberösterreich ausgestellt. Pass, Name: Steiner Heinrich,

Destination: Kematen b. Wels Oberösterreich, Purpose: *return home*. Expires: *10. Juni 1945*. Date issued: *28. Mai 1945*. *To take two horses for his farm* Authorized by Allied Military Government Det H3E3, Miesbach. Unterschrieben ist das Dokument von Nathan Wecksler, 1ˢᵗ Lt.QMc. Das steht auf der linken Seite des Dokuments, rechts folgt die Übersetzung ins Deutsche, unterschrieben vom Bürgermeister von Schaftlach. Das verschriebene (*hoises* statt *horses*) und von Hand korrigierte *horses for his farm* ist vom Schaftlacher Amt als: *mit 2 Pferde für seine Landwirtschaft* ins Deutsche übertragen. Und der an sich große, nun auf unter fünfzig Kilogramm abgemagerte und ausgeschundene Pfarrermesnergärtnerbauer Heinrich Steiner hat seinen Passierschein auf der langen Reise in die oberösterreichische Heimat nicht nur einmal an einem »Checkpoint« den amerikanischen Befreiern vorweisen müssen. Einige haben respektvoll salutiert! Noch ein weiteres Schreiben hatte Steiner auf dem Heimweg bei sich, ein »Certificate«, das ihm der Pfarrer von Waakirchen in Oberbayern ausgestellt hatte: »*The catholic reverend Steiner Heinrich dismissed from the concentration-camp Dachau on May 1rst and overhanded by the SS-authorities to the reverend of the village of Waakirchen is at present on the way to his home. Kath. Pfarramt Waakirch*«. Unterschrift des Pfarrers.

Mir ist es heute, als sei Steinerkirchen nach Steiner benannt ... Und viel zu denken gibt mir auch der Ortsname *Bubendorf*, der Name jenes kleinen Weilers in der Nähe von Steinerkirchen, wo sich der Pfarrhof befindet bzw. befand (er wurde inzwischen aufgegeben und verkauft). *Bubendorf* ist eine volksetymologische Form und eine Verballhornung von älterem und richtigem *Burndorf*. *Bur* aber bedeutet im Altdeutschen bekanntlich Bauer. *Bauerndorf* also hat dieses »Pfaffendorf« ursprünglich geheißen. In meiner Heimatpfarre, der Nachbarpfarrei von Steinerkirchen, existiert übrigens noch ein *Pfaffendorf*. Dort muß einmal der Pfarrhof gewesen sein, sagen die Heimatforscher. Der Historiker Kurt Holter schreibt freilich, daß der Name eher nur auf Passauer Besitz hindeute, wie eben alle Dörfer, Weiler und Häuser verschiedenen Herrschaften angehörten. Dem Agrarkleriker Steiner jedenfalls gebührt *Burndorf*. Leider, und das muß hier nachgetragen und angemerkt werden, enthält auch das volksetymologische Nomen *Bubendorf* statt *Burndorf* ein prekäres Omen. Nachdem nämlich Pfarrer Steiner einem armen Keuschlerbuben ein Fahrrad geschenkt hatte, haben nationalsozialistisch und antiklerikal eingestellte Denunzianten diesen Buben bearbeitet und zu Pädophilievorwürfen überredet, so daß zur politischen »Heimtücke« das sozusagen naheliegende Verdikt der Unzucht mit einem Minderjährigen kam.

Eigentlich müßte nach Steiner eine Blume benannt werden, so wie man nach dem Apfelpfarrer Aigner eine Apfelsorte, den »Korbiniansapfel«, benannt hat. Ein »nachträglicher« Salut, ein Vale und Salve für den 1989 verstorbenen Pfarrer Steiner, dem ich in meiner Heimatpfarre Pichl ministriert habe, wo er wiederholt zur Beichtaushilfe bei seinem Priesteramts- und Jahrgangskollegen Ferdinand Hochedlinger war, soll auch dieses Buch sein. *Hochedlinger* war, wie es gewissermaßen schon sein aristokratischer Name zum Ausdruck bringt, im Gegensatz zu Steiner ein feiner, gepflegter Herr, mit immer glänzend geputzten Schuhen, einem sauberen Talar und nicht nach Stallarbeit, sondern feiner Seife riechend, ein Pfarrherr eben, der anfangs einen sogenannten »Baumann« beschäftigte und sich – anders als Steiner und Aigner – sehr früh mit der Landwirtschaft nicht mehr schmutzig machte ... Wie Steiner und Aigner, wenn auch nicht mit jenen drastischen Konsequenzen, war auch er mit dem nationalsozialistischen Regime in Konflikt geraten. Steiner hat Hochedlinger im übrigen nicht nur im Beichtstuhl, sondern auch manchmal mit Blumen für unsere Pichler Kirche ausgeholfen ... So kamen auch wir in den Genuß der Steinerkirchner Lilien, und man konnte dies gern als eine Aufmerksamkeit Steinerkirchens gegenüber der Passauer Urpfarre Pichl verstehen, von der es als spätere Gründung »abstammt« ...

Wernher der Gartenaere grüßt Heinrich den Gärtner. Durch die Blume ...